KB102402

깊은 밤

엄마를

만났다

엄마의 밤은 엄마의 낮보다 더 길었다
오늘도 아이들이 잠든 밤,
하루의 상처를 걷고 있을 엄마들에게
그녀가 건네는 따뜻한 위로!

깊은 밤
엄마를
만났다

최누리 에세이

좋은땅

프롤로그

 우리 부부가 자던 퀸 사이즈 매트리스 옆에 큰딸 하람이 잠
자리로 싱글 사이즈 매트리스를 붙여 셋이 늘 자던 잠자리.
둘째 딸 하이가 태어나고 그 곁에 아기 침대가 하나 더 생겼
다. 온 식구가 쓰는 침구들을 몽땅 모아 빨래하는 날이 되면
종일 위잉 위잉 기계 돌아가는 소리가 집안에 가득 찼다. 세
제 넣고 섬유유연제 넣는 것을 세탁기 알람소리에 맞춰 토끼
처럼 뛰어가 여러 번 반복해야 하고, 뜨끈한 건조기엔 열기가
채 식기도 전에 새 이불이 드나들었다.

 새로이 우리의 식구가 된 둘째 하이의 초반 존재감은 첫째
때 경험한 것처럼 대부분 낮보다는 밤에 드러났는데, 아무리
울고 찡얼거려도 밤 귀가 어두운 동영과 하람이는 쿨쿨 잠만
잘 자니 내 속사정을 알 리가 있나. 다음 날 출근하는 동영을

굳이 흔들어 깨워 도와 달라 부탁하는 것도 내키지 않았고, 어미 된 나는 본능처럼 아이의 "깽!" 한 음절 소리에도 눈이 떠졌다.

어느 날은 나 혼자 꾸벅 꾸벅 졸며 수유해서 데구루루 젖병이 바닥에 굴러다니는 일도 많았고, 젖병에 눈금도 가물가물하게 보여 눈알을 비비고 비벼 물을 붓는데 80㎖ 채울 것을 100㎖를 채워 버려 다시 졸졸 채워진 물을 따라 내는 일도 잦았다. 새벽 내 빵빵하게 불어 버린 기저귀도 갈아 줘야 하고, 쏘그만 놈이 힘은 어찌나 센 건지 여기저기 나부껴진 속싸개도 다시 곱게 꽁꽁 싸 줘야 하는, 이런 자잘한 일들이 모여 조용하지만 분주한 밤 시간을 만들어 냈다.

첫째 때 이미 한 바퀴 돌아봐서 체감상 덜 힘들었다지만 그래도 몰려오는 잠을 깨워 누군가를 돌보고 편안하게 만들어야 하는 그 시간은 두 번 겪어도 참 버겁고 벅찼다. 나도 그 옛날 우리가 커 가며 마주했던 부엉이 같은 엄마들처럼 밤에도 깨 있고 낮에도 깨 있는, 점점 잠이 사라지는 게 익숙한 사람이 되어 갔다. 종일을 누군가와 함께하다가 유일하게 혼자가 될 수 있었던 그 밤, 나는 밤이 되면 잠든 나의 가족들을 차근히 살피는 습관이 생겼다.

어쩜 남편이고 딸들이고 다 속눈썹이 아래로 축 처져 까맣고 숱이 많은지 우리의 유전자를 물려받은 핏줄의 조화에 탄성이 나왔다가, 다들 꿈에서 무얼 먹는 것인지 쩝쩝쩝 소리를 돌림노래처럼 내는 것에 웃음이 났다. 셋 다 벌러덩 배를 까대고 자서 열심히 이불셔틀해 주며 덮어 주어도 1초면 팽 하고 걷어차는 것까지 닮았다. 둘째놈 뽀담뽀담 부른 배에 손을 대면 풍선에 바람 넣듯이 폭 부풀었다가 후우 하고 꺼지는 그 들숨 날숨도 낮엔 잘 보이지 않더니 밤엔 유독 진하게 보였고, 하람이의 꼬부라진 머리칼, 하이의 삐죽삐죽한 머리칼을 손가락으로 깊게 넣어 관통시켜 보는 일도 밤이면 꼭 하는 의식이었다. 그렇게 나의 가족을 살피며 홀로 서 있는 밤. 내 곁에 같은 지붕을 두고 한 사람과 결혼해 내가 낳은 두 아이가 자고 있다. 괜한 특별함이 가슴 언저리에 파도가 되어 쓸리면 나지막이 짐작한다. 아 가장 껌껌하고 깊은 밤이 찾아왔구나.

깊은 밤 엄마를 만났다

밤에 쓴 편지를 낮에 읽지 말라고 하던가. 밤에 쓴 편지를 낮에 읽으면 과한 감성에 손발이 절로 다물어진다고. 내가 엄마로 살아내며 겪는 밤은 마치 밤에 써 내려간 편지 같았다. 낮에 아이가 쌀 담긴 장독을 엎어 온 집안에 쌀알이 쏟아지면 부르르 화가나 버럭 소리를 질렀다가도 다시 밤이 되어 채 못 주운 쌀알 몇 알을 발견하면 작은 실소가 터졌다가 가슴이 미어졌다. 낮에 아이들에 치여 유난히 버거운 날엔 내 젊은 청춘이 한스러워 우울한 장독에 빠져 허덕이다가도 밤에는 끓는 물에 넣은 온도계 빨간 줄 올라가듯이 사랑이 발바닥에서 눈까지 꽉 차올라서 이 아이들을 내게 보내 주신 신께 감사기도를 올리었다. 밤은 식구들에게 못해 준 것만 생각나 반성을 부르게 했고, 또 다른 밤은 자고 있는 아이들의 손가락 발가락을 훑으며 불현듯 생명의 기적까지 느끼게 했다. 나는 그 숱한 밤, 참회와 사랑, 기적과 환희, 추억과 다짐을 경험하지 못했더라면 내일을 향한 에너지를 만들 수 있었을까. 그 시간이 없었더라면 나는 아마 건조한 낮을, 어느 날의 추억을, 내 가슴의 주소를 찍어 내지 못했을 것이다.

나는 매일 밤 이 아이들을 향해, 그리고 나와 함께 이 아이들을 만든 남편을 향해 나의 가족들과 친구들을 향해, 그들을 마주하고 살아가는 나를 향해 글을 썼다. 고요하고 시끄러운, 사랑이 넘치는데 슬픈, 충만한데 외로운, 이 넘치는 감정과 생각들을 주워 밤 편지처럼 일기를 써 내려간다. 그리고 그 글을 엮고 엮는다.

이 글을 읽는 독자들이 부디 이 책을 밤에 읽어 주기를. 울렁거리는 감정들을 깎지 않고 쓰는 모자란 작가의 부끄러움이라고 이해해 주기를. 그래서 우리는 같은 밤, 우리가 엄마로 서 있었던 그 여러 갈래의 감정을 좋아하는 이불처럼 깊이 끌어안는 밤이 되기를.

어느새 또 깊어진 밤에 또다시 찰랑찰랑 차오른 과한 감성을 담아 적어 본다.

2020년 어느 밤
최누리

목차

프롤로그 4

첫 번째 이야기 | 이 시국 가정보육

두 번째 이야기 | **육아가 뭐길래**

세 번째 이야기 | **나는 두 아이의 엄마입니다**

이 시국 가정보육

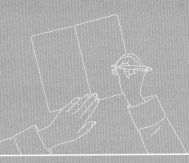

집안에서 갇혀 아무것도
할 수 없는 무력함과 싸우는 일
바야흐로 코로나 시대였다

DDR 육아

낡고 소박한 것에도 시선이 머무르고 피는 꽃에 물기가 잔잔한 봄, 아주 추운 겨울에도 사람들은 봄을 바라보고 견딘다. 새로운 시작은 늘 봄에 비유된다. 밟히는 햇볕도, 사랑이 가득한 맘도 꼭 봄 같다,란 표현 한 줄이면 얼른 인정이 되었다. '봄은 사랑이다. 내 마음이 봄이다.' 우리에겐 봄은 늘 시였다. 봄엔 꼭 꽃 같은 색을 입고 싶고, 봄바람 휘날린다는 그 익숙한 노래를 찾아 들었더랬지.

그런데 올해 봄은 달라도 너무 달랐다. 학교마다 입학 축하 현수막은 펄럭이는데 매년 들렸었던 수업 종소리는 잠잠했고 각 집마다 쌓였던 택배상자들이 분리수거장에 우르르 겹

처졌었다. 놀이터에 늘 시끌벅적 붐비던 아이들이 사라졌고, 동네 가게들이 하나둘 폐업했다.

그렇다. 코로나19 바이러스로 대한민국이 발칵 뒤집혔던 2020년 그해 봄이었다.

어느 날은 조금 감소세가 보이나 싶더니 다시 또 집단 확진자가 속출하기를 반복, 국민들은 모두 신음해야 했다. 가정에서 엄마들은 택배로 식량을 비축하고, 아이들은 바깥공기가 그리워 창밖을 보고 신발을 신으며 표정 없이 점점 굳어갔다. 포털 사이트에서는 집콕놀이 챌린지가 유행을 하고 슬기로운 집콕생활 노하우가 담긴 포스팅이 인기 포스팅으로 지정되었다. 자영업자들은 배달이나 온라인 판매 등으로 생계를 겨우겨우 이어 가거나 폐업신고를 해야 했고, 급기야 어려워진 국민들에게 재난지원금이 지원되기 시작했다. 그야말로 대한민국 전체가 마비되었다.

이렇게 혼란만이 가득했던 코로나 상황 속에서 직면한 내 육아는 딱 어린 시절 최고의 유희였던 DDR로 설명할 수 있었다.

어린 시절 아빠가 커다란 윈도우 컴퓨터 본체에 DDR판을 연결해 주면 우리는 화살표에 맞춰 구슬땀을 흘리며 뛰어다녔는데, 잠깐의 쉴 새 없이 화살표가 바뀌면 난 그 화살표를 놓칠세라 발을 이리저리 움직여가며 박자를 딱딱 찍어 냈던 그 DDR. 나의 감정기복과 행동태세는 이처럼 좌로 갔다 우로 갔다 위로 솟았다 아래로 꺼졌다 갈피를 못 잡고 휘청거렸다.

집안에서 갇혀 아무것도 할 수 없는 무력함이 정신과 육체를 한없이 나약하게 만들었다. 아이 둘 데리고 있으며 삼시 세끼 밥을 차려 먹여야 하고, 둘이 돌림노래처럼 번갈아 가며 "엄마!"를 부르며 해 달라는 것들은 늘어 가는데 나는 어디로 도피할 수도 없었고 이 아이들을 모른 척 피할 수도 없었다. 나의 24시간을 갈아 온전히 돌봄에 집중해야 하는 시간은 자유에서의 억압이 낳은 부정적 감정의 소용돌이로 지독하게 탈바꿈했다.

아이가 잠들고 나면 다시 또 꼼짝없이 찾아오는 참회의 시간. 내일은 기필코 더 양질의 놀이로 잘해 줘야지 다짐을 하고 놀이준비물을 한껏 준비했다가도 아침에 눈뜨면 준비해둔 것들을 최대한 숨기고 조금 앉아 쉬고 싶은 마음이 두더지 잡기 게임의 두더지처럼 올라왔다. 어느 날은 별난 맘이 들어 춤도 추고 만들기도 하고 원하는 걸 다 들어 주다가도 어느 날은 밥 한 숟갈 먹이는 것도 힘에 부쳐 이를 바득바득 갈며 인상을 쓰고 있더라. 일관성이라곤 눈 씻고 찾아도 찾을 수 없는 모나고 뒤틀린, 기복이 넘치는 하루하루를 보냈다.

코로나19, 그것은 비단 바이러스만의 문제가 아닌 인간으로서의 내면 본질을 어지럽게 했다. 아이를 기다리고 이해하고 사랑하는 혜량보다 코로나 세파로 너덜너덜해진 감정의 풍파를 그저 쏟아 내기 바쁜 하루가 이어졌다. 매일을 가면 바꾸듯 표정이 바뀌고 태도, 말투, 행동이 여기저기 삐뚤빼뚤 거렸다. 밤이 오면 남편에게 지난 내 행동을 말하며 엉엉 울었다. 너무 힘들고 애들이 안쓰럽다고, 언제쯤이면 이 생활이 끝이 나는 것이냐 답답한 푸념과 제대로 아이들을 돌보아 주지 못하는 것 같은 죄책감으로 힘들어했다. 하지만 다음 날 눈을 떠 아이들과 하루를 시작하면 내 마음은 기억상실에 걸린 것처럼 다시 그 모습을 그대로 하고 하루를 보냈다. 환기 없이 갇힌 삶은 차갑고 건조한 엄마를 매일 시험에 들게했고, 끝이 안 보이는 아주 긴 터널에 시동 꺼진 자동차처럼 한없이 외롭고 위험한 모습으로 견뎌야 했다.

아이가 오늘은 베란다에 작은 의자 하나를 펴고 망원경을 든다.
산책 갈 때마다 갔던 초등학교 운동장에 있는 기린 동상을 가리킨다.
"엄마! 저기 봐요! 우리가 매일 구경했던 기린이 있어요!"
동전만 한 망원경 눈을 빌려 저 먼 세상을 구경하고 환호하는 아이.

매일을 흔들렸던 엄마가 이 어린 아이를 바라본다.
난 이 상황을 무어라 설명해 주어야 하나.
어른으로 나는 너희의 이 귀한 시간을 어떻게 보상 해 주어

깊은 밤 엄마를 만났다

야 하나.

언젠가 아이들이 자라 이 시기에 찍힌 사진을 보면서 왜 이 땐 모두가 마스크를 쓰고 있었던 거냐 묻는다면 어떤 대답을 해 주어야 하나.

인간은 한낱 나약한 존재일 뿐이라고.

이렇게 쉽게 무너질 수밖에 없는 것이냐고.

나는 매일 밤 지친 질문만 수없이 되뇌었을 뿐이었다.

깊은 밤 엄마를 만났다

결국 나는 또

인내를 배운다

●

아침에 일어나니 큰 아이 하람이 눈두덩이가 보랏빛에 통통하게 부풀었다. 다래끼인가 보다. 가뜩이나 코로나로 집 밖이 무서워 몇 주째 집에만 있는데 첫 외출이 하필 다래끼 때문에 병원이 될 것이라니 걱정되고 힘이 빠진다. 남편은 내게 차 키를 주고 직장 동료의 차를 빌려 출근을 했고, 나는 어린 둘째 하이를 아기 띠로 메고 큰 아이 하람이 손을 잡고 단단한 채비를 한 채 나왔다. 그런데 차를 타려 지하주차장을 아무리 찾아도 우리 차가 없다. 아마도 어제 남편이 퇴근하며 야외 주차장에 대논 모양. 두 아이를 끌고 야외로 걸어나가는데 설상가상 비가 펑펑 내린다.

'아주 나 죽으라고 굿을 하는구나.' 가슴이 쿵쾅쿵쾅 뛰는

데 옆에서 기다리는 아이 둘. 잽싸게 이 둘을 품에 껴안고 온
몸에 비 맞아 차 경보음을 울려 가며 차를 찾았다. 겨우 차를
찾아 아이들을 실은 후 물에 빠진 생쥐 꼴로 트렁크를 모조리
뒤지는데 그 흔하게 보였던 우산이 오늘은 단 하나도 없다.
남편에게 숨이 가쁜 채로 전화를 했다.

"여보 차에 우산 없어요?"
그러자 태연하게 들려오는 그의 대답.
"응. 차에 우산 없는데?"

갑자기 속이 터져 땅으로 꺼지는 기분이 들었다. 애들 카시
트에 벨트 단단히 채우고 운전석에 겨우 타 심호흡을 하는데
마음이 진정이 되질 않는 것. 결국 운전대를 잡고 펑펑 울었
다. 가는 길에 잠깐 편의점에 들러 비닐우산을 하나 사서 병
원에 가는 길. 기어이 남편에게 모자란 메시지를 보냈다. 비
오는데 우산 챙기라는 연락 하나 남겨 줄 수는 없었던 거냐
고. 바보 같은 남편은 정신이 없었다고 미안하단다.

깊은 밤 엄마를 만났다

미안한 일도 다그칠 일도 아닌데 남편이 애먼 총알받이. 내 설움을 내 힘듦을 이렇게라도 누군가에게 표내야 했었나.

사람 마음에 창이 열 개라면 엄마가 되고부터 세상으로 뚫린 여러 창은 조금씩 닫는 법도 배우게 되고 아직 열린 또 몇 개의 창으로 숨을 뱉고 마시며 살아가는 것 같다. 그런데 갑자기 하루아침에 모든 창이 의지 없이 모두 닫혀 버린 것.

엄마들도 사람이다. 고른 감정 순환이 어렵고 답답한 감정만이 생선냄새처럼 마음에 꽉 차 버렸다.

나는 2020년 한 해를 마무리하면서 다이어리 맨 뒷장에 이렇게 적었다. '스물여덟 평 집구석에서 내 마음 깜냥을 다 드러내 놓고 별별 모양으로 아이들과 집안에서 보냈다. 그래도 집안에 있으라면 가만히 집에 있고 마스크를 쓰라면 쓰고, 손을 씻으라면 거품을 내 뽀득뽀득 씻었던 아이들, 우산 없이 나온 털털한 엄마 품에 매미처럼 달라붙어 따라오던 어린 두 아이의 순수함으로 인해 나는 제대로 된 인내를 제대로 배운

한 해였다.'라고.

병원에 다녀와 옷을 집어 던지고 아이들과 깨끗하게 목욕
을 했다.

목욕을 하며 두 아이에게 잘 따라와 줘서 고맙다고 사랑한
다고 괜히 고백했다.

아이가 대답한다.

"별말씀을요!"

피식 웃음이 나왔다.

거품 낸 샴푸를 머리 위에 올려 주며 환하게 웃어준다.

그래 우리는 또 살아가야 하니까. 그래 우리 이렇게 웃자!

코로나, 네가 이기나 내가 이기나 어디 한번 해 보자!

내가 자란 곳

•

코로나 바이러스 확진자 수가 폭등해 집에 갇혀 있던 봄이 지나가고 확진자 수가 한 자리수로 감소하던 날, 그제야 조금 파도치던 감정이 잔잔해져 엄마에게 전화를 걸었다. "엄마 확진자 수 봤어? 한 자리야!" 신나게 말하면 들려오는 엄마의 대답은 "끝난 거 아니니까 늘 조심해야 해. 더 조심해라. 이럴수록."이었다. 나는 종일 아이들과 집에만 있는데 이런 작은 희망도 못 가지나 싶으면서 이성적으로만 말하는 엄마가 내심 서운했었는데 아니나 다를까 친정 엄마의 말은 적중했다. 얼마 지나지 않아 또 다시 확진자 수 그래프는 상향곡선을 치고 올라갔다.

매일 휴대폰엔 지겹도록 재난문자 알림이 울렸다. 사태가

장기화되면서 나는 아주 끔찍하게 앓아 버렸다. 심지어 이런 상황에 무감각해지는 날도 더러 있었다.

도심 한가운데에 꼼짝없이 갇히니 밤이 되면 아득히 생각에 잠기곤 했다.

바로 내가 자랐던 친정집. 그때의 생각이 많아졌다.

동네 친구가 한 명도 없고 구멍가게 하나 없는 그곳. 동네가 너무 조용해서 개 한 마리가 짖으면 방에서 자다가도 벌떡 깨야 할 만큼 적막이 익숙했던 바로 나의 친정. 전라북도 정읍의 시골 마을.

학교 한번 가려면 꼬불꼬불한 길을 걸어 내려가다가 풀숲으로 뛰어 들어가는 고라니 뒷다리를 자주 보았고, 겨울엔 동네 입구가 얼어붙어 차로 이동도 못했다. 봄엔 새끼고양이들이 멧돼지가 파먹어 휑한 밭길을 밟으며 놀고 여름엔 가로등 밑으로 황소개구리가 깽깽 울었다. 잡초가 키만큼 자라났고, 눈앞에서 사과들이 주렁주렁 열리고, 텃밭에는 먹거리가 널려 있던 곳. 나는 그곳에서 자랐다.

자라며 시골이 싫다고 나는 커서 도시에 가겠노라고 다짐을 되뇌었던 나의 고향이 이 사태가 되어서야 깨닫는다. 얼마나 소중한 일상이었는지를.

나의 고향. 내 유년의 터전. 나의 발을 붙여 놓고 나의 키를 키운 그곳. 새소리가 BGM이고 품 옆엔 싱그러운 녹음이 머리 위론 높다란 하늘이 펼쳐진 그곳에서 자라며 나는 다리 힘을 키우고 뼈를 굵게 하고 감성과 생각을 정비해 자랐던 것이었다.

이제야 나 혼자 잘나게 컸다고 의기양양했던 생각이 한낱 가소롭고 웃음 나는 오만이었음을 알아차렸다.

번쩍이는 불빛과 시끄러운 사람들 속에서 내가 더 굵고 크게 성장할 거라 믿었던 이 어리석은 마음을 가을 단 무 뽑듯이 흔들어 뽑는다. 성실하게 나를 자연에 닿게 해 주신 부모님께 두 아이를 낳고 도심 집구석에 처박혀서야 사죄드린다.

바이러스로 집구석에만 박혀 있는 딸 걱정에 누르면 하얀 가루가 푸르르 떨어지는 스트로폼에 가득 채워 온 엄마의 응원.

사태살 압력밥솥에 쪄내서 포슬포슬 결을 찢어 만든 장조림, 견과류 잔뜩 들어간 멸치볶음. 우리 두 아이 얼굴만큼 동글동글한 감자 열 알, 건조기에 야들야들 말린 감 말랭이, 과수원에서 수확한 사과와 그 사과로 착즙한 사과즙. 행여나 상할까 구석구석 끼워 둔 아이스 팩.

딸아. 답답하지만 힘내라. 꽁꽁 묶어 시골길을 누벼온 그 택배를 열며 키만 덜썩 큰 어린애가 그리움으로 편지를 쓴다.

나는 시골이 너무 싫었어요.

매일 할머니 할아버지밖에 없어서 인사하면 치마가 짧다, 어디가냐 묻는 상관이 싫었고.

남자친구 만나서 집 앞에 데려다주었으면 했는데 꼬불꼬불한 그 촌스러운 마을길을 같이 올라갈 수 없어서 싫었어요. 초콜릿도 먹고 싶고, 비스킷도 사 먹고 싶은데 동네에 슈퍼마켓 하나 없는 것도 싫었고, 밤이 되면 너무 깜깜해서 문을 여러

깊은 밤 엄마를 만났다

번 잠가야 하는 그 삼엄한 어둠도 너무 싫었어요.

　그런데 봄에는 냉이를 먹고 여름이면 애호박과 가지를 가을엔 무와 배추, 겨울엔 그 무와 배추로 담은 김장김치를 먹는다는 것을 자연스럽게 배운 그곳에서 자라서 이렇게 글을 쓰는 사람이 된 걸까요.

　바이러스로 전국이 뒤집히고 공포에 떨던 날들 속에서 내 과거를 밟아 봐요.

　반딧불 보는 게 일상이던 나의 뜀 터전, 시끄러운 노래를 틀고 밤에 막춤을 추어도 되는 자유로운 놀이터. 들숨 날숨에 시원한 공기와 바람이 지나치던 그곳. 아빠 엄마가 일하다 말고 벗어 놓은 장화 두 짝에 괜히 발도 집어넣어 봤던 추억이 피는 잔디밭 언저리에 파라솔 치고 고기 구워 먹으면 얼굴보다 더 큰 달이 머리 위로 두둥실 올라왔던 선물 같았던 그 땅에서 우리 세 자매를 품고 기르고 살게 해 주셔서 감사합니다.

나도 언젠가 아이들과 함께 엄마아빠가 가르쳐 준 그 자연으로 뛰어 들어가 천천히 살고 싶어요. 우리를 그곳에서 길러 성장시켜 주셔서,

엄마 아빠, 감사합니다.

육아가 뭐길래

어제 다 비워 냈다고 생각했던 사랑이
오늘 다시 가득 채워져 있는
화수분 같은 요술항아리

육아를 노동으로 저울 달면

나는 모자란 사람이라 그럴까. 아이가 밤낮 너무 예쁘기만 하다고 하는 엄마가 내 주변에 있다면 나는 혼자 그 이야기를 듣지 않은 걸로 하고 싶다. 나는 그 이야기가 거짓말이라고 홀로 믿고 싶다. 내 배 속에서 품어 내 피를 나누고 태어났지만 손톱 하나도 나의 것이 될 수 없고, 행동하나도 내 마음처럼 되지 않는 것이 내가 겪는 육아였다.

아까까지는 숙취 후 마시는 꿀물 대접처럼 세상의 달콤함을 입에 머금고는 내 안에서 가장 달콤하게 낼 수 있는 목소리로 사랑을 고백하다가도 갑자기 코 풀고 구겨진 휴지처럼 볼썽사나운 얼굴을 했다. 내게 보란 듯이 아이가 자신의 몸의 무게를 짓눌러 가며 치대고 버둥거리는 날이면 어디론가 팩 하고 던져 놓고 방문을 닫고 싶은 날도 있었고, 제발 '엄마' 좀 그만 불러 줄 수 없는 거냐고 말도 안 되는 경고문을 내비치기도 했었다. 울음이 터지는 아이의 눈망울과 입술이 너무 아프고 짠해 그 좁은 어깨를 단숨에 안는 날이 있는가 하면 잉잉 울려고 시동 거는 그 표정만 봐도 모른 체 짐짓 사라지고 싶은 날도 있었다.

첫 만남의 기적과 환희가 잠잠해지고 아이는 어느덧 내 당연한 일상이 되어 갔다. 그 일상 속에서 나 혼자 정한 룰을 아이가 따라 주지 않으면 심연은 흔들리고 뜨거워져 도피처를 찾다가 결국 도피처가 없으니 괴팍한 말과 행동을 뿜게 했다.

그러다가도 다시 보이는 아이의 모습. 작은 노랫소리에 머리카락을 찰랑이며 흔들고 있는 두덩이의 엉덩이, 빵빵하게 부른 배, 집중해서 커지는 콧구멍, 무언가를 궁금해 하는 그 동그란 눈동자들은 내 영혼을 키우는 생명력이었고 잘 살고 싶게 하는 다짐이 되었다.

재택근무로 글을 쓰며 전업맘의 길을 걸어가는 나는 집에서 겪는 자잘하고 큰 감정들과 씨름하느라 바깥일을 하는 남편의 일과 생활까지 세세하게 돌봐 주고 살펴볼 여력이 없었다. 나 없는 시간 동안 그가 보낼 일상을 자세하게 궁금해하지도 않았고, 그도 굳이 바깥일을 가정으로 들고와 시시콜콜 전하지 않았다. 나는 육아와 내 일만으로도 눈코 뜰 새 없이 너무 바빴다.

하지만 그도 어깨가 유독 짓눌린 채 현관을 열고 들어오는 날이 있다. 어쩐지 더 쌜룩해진 볼, 터덤터덤 나 있는 수염들에 꼬인 일상이 무겁게 보일 때가 있었다. 그런 날은 따뜻하게 보듬으려 애썼지만 남편 자체도 힘에 부쳤는지 까칠하고 굉장히 예민했다. 딸에게 말 한마디 행동 하나도 부러질까 다칠까 조심하는 그가 그런 날엔 말 언저리부터 힘이 없고, 내가 먼저 다가가서 힘들었느냐 안아 주어도 손은 나를 끌어안지만 영혼은 이미 저만치에 멍하니 서 있는 게 느껴졌다. 그러다가 까칠한 말을 여러 번 반복하고, 적극적으로 돕지 않고 수동적인 자세로 한 뼘 떨어져 있는 그를 보면 결국 부르르 화가 났다. 육아에서 가장 무서운 '너만 힘드냐, 나도 힘들다.' 모드가 피어오르는 것이다.

그가 노동에 관한 힘듦을 내색하는 순간, 그리고 그 노동을 가정에 끌고 들어와 한 발 치 가사와 육아에서 멀어지는 순간, 나의 육아는 딱 '노동'으로 전락하고야 말았다. 찬란하고 아름다운 서사도 아니었고, 딸과 내가 함께 달리는 성장 드라마도 아니었으며, 이 땅의 미래를 책임지는 순수한 영혼을 보살피는 멋진 레이스도 아니었다. 그가 육아에서 멀어진 채 본인의 힘듦만을 내색하는 순간 나 역시 육아를 노동으로 간주하고 빵 조각 나눠 그램 수 재듯이, 고깃덩이 썰어 한 근 두 근 나누듯이…! 비린내가 진동하는, 핏물 가득한 저울질이 시작되는 것이다.

승자는 없이 양쪽이 처절한 패배자가 되고야 마는, 모두가 똥간에 빠져 허덕이고야 말 그 의미 없고 바보 같은 저울질.
"나는 맨날 밖에서 편하게 있는 줄 아느냐. 밖에서 내가 얼마나 힘든데"

"나는 집에서 애 보느라 밥도 못 먹고 하루 종일 종종종"

같은 레파토리로 운을 떼기 시작하면… 지붕 달린 작은집의 소리 없는 총싸움은 시작되는 것.

당신은 잠이라도 푹 자지, 나는 잠을 연속으로 이어 자 본게 언젠 줄 알아요?

당신은 점심밥이라도 회사에서 주는 대로 편하게 잘 챙겨먹지.

나는 밥이 입으로 들어가는지 코로 들어가는지도 몰라. 화장실 한번도 제대로 못 간다고!

그가 그동안 나에게 베풀었던 호의, 사랑, 배려, 섬세한 마음과 손길들은 온데 간데 사라지고 딱 이 순간이 우리 결혼생활의 전부였던 것처럼 떠들어댄다. 그 순간 동영은 최악의 아빠로 그 순간 나는 최악의 여자로 변질되어 있었다.

육아를 노동으로 간주하는 순간, 그 누구에게도, 그 무엇도 득될 게 없었다.

무임금 무보수 부당노동착취로 처절하게 전락하고 마는 것이다. 경력으로 인정도 되지 않고 알아주는 이도 없는 이 끔찍한 육아 일상에 내가 왜 있는 것인지 자책만 밀려올 뿐이었다. 서로가 서로의 가슴에 총구를 겨냥하고 심장을 관통하는 말로 하는 잔인한 사격 후에는 현실자각타임으로 기운만 빠졌다가 에너지를 잃고 다음 날 일상에서 시름시름 앓게 될 뿐이었다.

그래서 육아는 노동이란 카테고리에서 빠져나와야 했다. 너무 힘들지만 노동이 아닌 내가 살아가는 일상으로 얼른 생각을 고쳐야 했다. 밥을 먹고 잠을 자고 입고 말하고 눈뜨는 일상처럼 나의 아이들은 나의 삶이자 나의 일상이라고 여겨야 했다. 그래야 그 속에서 즐거움을 발견하고 아이도 나도 긍정적으로 성장하는 것이 가능했다. 누군가가 그러더라 엄마가 나다워져야 살아갈 수 있다고.

그런데 나는 '나'를 찾는 시간도 아이들이 잠이 들어야 돌아보는 것이 가능했고 아이와 함께 복닥거리는 낮에는 오로지 아이 위주로 살아야 제대로 살아졌다.

20년을 살았든, 30년을 살았든, 40년을 살았든 아이의 나이가 다섯 살이면 다섯 살, 열 살 이면 열 살이 되는 게 엄마였다. 아이의 나이로 일상을 전환하지 않으면 그 연령대의 욕망과 현재 삶의 회의가 시어머니 초인종처럼 찾아오곤 했다.

그래서 나는 멈추기로 했다. 육아를 노동으로 간주하는 일을. 육아는 나의 일상이고 섭리이고 삶이란 것을 부정하는 일을. 춘향이 널뛰듯이 매일 아이들과 감정의 널뛰기를 한데도 내가 왜 이런 '일'에 끼어 있는가에 대한 물음표와 자책은 멈추기로 했다.

결혼하지 않은 주변 사람들은 나의 변화한 삶을 보고 때때로 입을 모은다. '아 애 엄마 인생 슬프다. 애 키우는 거 힘들잖아. 난 애 안 낳고, 결혼 안 할래.' 감히 아이 하나 키우는 일이 쉬울쏘냐. 당연히 맞다. 너무 힘들고 애 엄마 인생 처량 맞다. 하지만 이 일들을 노동으로 여겨 힘들다 세 글자로 우리의 삶을 단정 짓기엔 몹시 억울하지 않은가.

깊은 밤 엄마를 만났다

이제는 봄이 오면 여름이 오고, 여름이 오면 가을이 오고, 가을이 오면 겨울이 오듯이 혼자 누볐던 아가씨에서 아이들을 키워 내는 엄마로 변화는 과정이 자연의 섭리라고 여긴다. 겨울이 지나고 봄이 오면 사람들이 세상이 변했다. 인생이 변했다고 하던가. 그저 두꺼운 외투를 벗어 버리고 새로운 계절에 맞는 옷을 입은 것처럼. 나는 엄마에 맞는 옷을, 두 아이를 기르기에 딱 알맞고 편안한 옷을 걸친 것이다. 봄이 왔는데도 겨울옷을 입은 채 겨울의 날들을 회상하는 미련한 행동을 과감하게 버리고, 지금 찾아온 나의 계절을 어서 일상으로 껴안고 감상하고 느끼고 울고 아파하면서 순리로 살아간다.

나를 믿고 이 세상에 떳떳하게 살 붙여 나온 아이를 곁에 두었는데 나 혼자일 때만큼 자유롭다면 그게 잘못된 일. 사람 하나를 이 세상에 뿌리내릴 건강한 어른으로 성장시키는 과정에서 작은 욕망을 짓누를 자제와 포기가 없다면 과연 이 땅에서 육아가 아름다운 서사로 그림 그려질 수 있었을까.

육아는 노동이 아니라 나의 삶, 내게 찾아온 새로운 계절이었다. 우린 그 전 계절에 입고 있던 옷을 벗어던졌고, 새로운 옷을 입었다. 때로는 무겁고 때로는 너무 빛나는 그 멋진 계절에 맞는 근사한 옷을.

지금도 때때로 손바닥 뒤집듯 육아를 다시 노동으로 바꾸고 싶을 때가 있다. 육아 앞에 '헬'이라는 단어와 '독박'이라는 단어를 붙여 나의 이 고단함을 미친 듯이 피력하고 싶을 때가 있다. 그 지옥육아에 나와 아이들을. 독박이라는 그 부정적 단어에 나와 아이들을 욱여넣지 않기로 머리를 흔든다. 괜히 더 힘주어 말한다. 육아는 아름다운 서사, 자연의 섭리. 이 세상이 나에게 준 고귀한 소명! 헬육아 대신 해본 육아, 독박 육아 대신 독점 육아로 칭하며 스스로를 자꾸 환기한다.

육아라는 노동에 그 험난한 전투에 처절하게 숨 쉬다가 겨우 겨우 잠들어 숨을 쉬고 있는 이 땅의 성스러운 엄마들이여, 노동이란 기차에서 얼른 내려 환승하기를.

세상을 향해 호기심 어린 아이들의 눈빛과 에너지, 만물에 대한 관심과 애정, 내 살결을 부비는 그 작은 손길과 미소뿐 아니라 매일을 볶고 화내고 싸우는 현실까지도 우리의 일상으로 받아들이고 세상이 내게 준 특별한 소명으로 생각하기를. 다른 사람이 아닌. 세상이 말하는 엄마, 나 자신을 위해.

육아가 대체 뭐야?

●

또래보다 월등히 일찍 결혼한 나. 친구들이 하나둘 결혼을 준비할 무렵에 나는 둘째 아이까지 출산했다. 내 뒤를 이어 결혼을 하고 임신 소식을 전한 친구 하나가 오랜만에 연락이 왔다. 아기자기한 배냇저고리에 손수 꽃 자수를 놓고 있는 사진과 함께 아이가 얼른 보고 싶다던 친구. 아직 육아에 대한 밑그림이 전무할 친구의 그 순수한 설렘이 사랑스럽고, 나도 큰아이 임신했던 초산모 때가 생각났다. 친구의 그 메시지에 공감하며 함께 태중아이의 건강을 빌었다.

그런데 하루는 친구가 육아는 어떤 거냐고 좋은 것만 말하지 말고 현실적으로 어떤 건지 확 와닿게 솔직하게 말해 주란다. 정말 어려운 질문이었다. 내가 이 임신한 친구에게 진짜 현실 육아가 무엇인지 줄줄 말할 수도 없는 것이고 무조건 늘 예쁘고 사랑스럽다 거짓말을 늘어놓을 수도 없었다.

하긴, 내가 첫 아이 임신했을 때 먼저 엄마가 된 선배들에게 물으면 들려오는 대답이 "진짜 힘들다." 또는 "진짜 예쁘다." 같은 것들이라 나도 밑그림 자체를 그리기가 참 어려웠다. 사실 육아만큼 계획대로 생각대로 되지 않는 게 어디 있겠느냐만, 그래도 정말 궁금했었는데.

그래서 이 친구에게 어떻게 말해 줄지 한참을 고민하다가 이렇게 말해 주었다.

네가 엄청 좋아하는 베개가 있어. 높이도 폭신함도 알맞은 베개에 온수매트 따뜻하게 켜고 냄새 좋고 푸근한 이불도 목까지 덮어서 잠이 막 솔솔 와. 이대로 잠이 들면 12시간도 자게 생겼어. 근데 딱 마침 옆에서 누가 소리를 지르면서 널 막 흔들어 깨워. 자지 마! 어딜 자! 한 시간에 한 번씩 너를 흔들어 깨워. 편안하고 익숙한 삶을 너무 잘 아는데, 놔두면 그대로 엄청 달콤하고 깊게 잘 수 있는데 자꾸 누가 와서 너를 막 흔들어 깨우는 거야. 무시하고 잘 수도 없고 무조건 일어나야 해. 그런데, 어느 날은 한 번씩 오늘만은 푹 자라고 날 안 깨우고 놔둘 때가 있다? 소리도 미동도 없이 너무 고요하게 날 내버려 둬. 그런데 있지. 그런 날은 내가 기다리게 돼. 푹 못 자고 자꾸 눈을 떠. 왜 나를 안 깨우지. 어디 아픈가. 어디 불편한가. 나를 편하게 놔두는 게 막 걱정이 된다? 그래서 편한 이불 같은 건 다 걷어차고 결국 찾아가서 자꾸 살피게 돼. 살피고 안심하고 웃고 바라보고.

나는 이게 바로 육아 같아.

진짜 어른이 되었다

●

아이 하나를 낳을 때마다 몸 사이즈는 반 치수씩 늘어났고, 육체피로와 노동력도 갑절로 올라갔다. 여성의 아름다운 상징이었던 가슴은 이제 젖의 기능으로만 남겨져 축 처진 채 아름다움의 수명을 다했으며 배에는 지렁이 같은 튼 살이 문신처럼 새겨졌다. 골반은 벌어져 무얼 입어도 태가 나질 않고 피부는 탄력을 잃고 출렁였다. 머리카락은 욕조 배수구를 막히게 할 만큼 죽죽 빠졌고, 몸 군데군데에는 색소침착이 된 듯 갈색 빛의 점이 생겼다.

20대 초반에 결혼과 출산을 한 내게 누군가가 다가와 '애 키우느라 정신없이 스친 나날'이라고 부른데도 별 수 없다.

그건 분명 사실이니까. 아이를 키워 내는 일은 많은 체력과 정신력을 필요로 했다. 도전하는 것보다 포기하는 것을 배워야 했고 나서는 것보다 참는 것을 배워야 했다.

그럼에도 왜 또 아이를 갖고 낳는 것이냐 묻는 이들에게 글쎄. 그럴듯하게 이 이유를 설명하지 못하겠다. 할 말이 없는 게 아니라 이 무수한 감정의 말들을 표현할 단어가 없다 정도로 이야기하고 싶다. 아마 수많은 엄마들은 알 거다. '너무 힘든데 너무 예뻐요.'라는 이 열 글자에 숨겨진 마법을. 내 몸에 있던 애를 낳았더니 스스로 힘을 만들어 손가락을 조물거리고 젖을 무는 그 기적을 느낀 마음을 내가 어떻게 단어 몇 개를 이어 붙여 표현 하겠는가. 어제 다 비워 냈다고 생각했던 사랑이 오늘 다시 가득 채워져 있는 화수분 같은 요술항아리. 그쯤으로 설명해야 하나. 아니 이것도 부족하다.

나의 젊은 날, 나의 20대를 지나고 나서 누군가가 나의 삶을 묻는다면 '두 아이를 기르느라 허덕였다.' 말고 '두 아이와 함께 진짜 어른이 되었다.'라고 말할 수 있게. '일찍 시작한 만

깊은 밤 엄마를 만났다

큼 일찍 어른이 되었어요.' 뽐내는 날이 될 수 있게. 사랑하는
아이들의 곁을 지키며 생각한다.

짬에서 나오는 바이브

●

전방 3m 떨어진 곳에서 아주 옅게 느껴지는 냄새. 분명 저 아이는 큰일을 보았다. 향신료가 들어간 요리로 집안에 그 요리냄새만 진동을 해도 그 안에 미묘하게 섞인 아이의 대변 냄새를 맡을 수 있는 특화된 후각.

잠든 폼만 보아도 순간 그려지는 수면의 질. 이 아이가 과연 깊이 잘 것인가, 금방 깰 것인가 쯤은 누운 모양만 봐도 알 수 있는 단초가 되고.

꼭 신발을 신겨 보지 않더라도 아이 발이 내 눈에 익어서 신발 쇼핑몰에 걸려 있는 샘플만 보면 작겠다 크겠다 하는 고귀한 식견을 지녔으며.

누군가의 콧물을 호스로 쫙쫙 빨아 낼 수 있는 단단한 비위.

양손에 18kg, 12kg. 도합 30kg의 아이를 번쩍 들 수 있는 짱
짱한 근력.

휴대형 유모차를 한 손으로 탁탁 펴 빠르게 안전벨트와 방
풍커버를 닫는 민첩함.

세수와 이 닦기, 머리감기, 옷 입기를 10분 안에 깔끔하게
끝낼 수 있는 트렌디함.

처음 만난 엄마와 아이 이야기로 스스럼없이 대화를 이끌
어 갈 수 있는 노련함까지…!

모두다 엄마가 되고 체화된 나의 바이브들.

호모사피엔스 호모 사피엔스사피엔스를 지나 인간이 있다면, 그 인간을 지나 바로 우리,

엄마가 있다.

깊은 밤 엄마를 만났다

당신, 엄마죠?

●

당신에게 몇 가지 질문을 하고 싶다.

"정수리에 잔디 같은 잔머리가 나 본 적 있나요?"

"가방크기가 가로 30㎝ 이상인 것을 주로 드나요?"

"그 가방 안에 엠보싱 물티슈가 들어 있나요?"

"머리를 푼 상태로 집에서 10분 이상 버틸 수 있나요?"

"소리 없이 영화나 드라마를 본 적 있나요?"

"해열제를 상비약으로 가지고 있나요?"

"휴지심과 계란껍질, 스티로폼 상자 같은 거 모아 보셨어요?"

"식당 가서 된장찌개에 고춧가루 들어가는지 물어보세요?"

"어깨에 버클이 달린 브래지어를 가지고 있나요?"

"아파트 키패드 알림소리 설정이 무음으로 맞춰져있나요?"

이 질문에 모두 네 라고 대답한 당신,

엄마죠?

깊은 밤 엄마를 만났다

작지만 큰

미니 육아

●

SNS를 통해 이웃들과 교류하다 보면 종종 듣는 질문이 "짐이 정말 없네요."였다.

남편 직업 특성상 이사가 잦아 짐을 많이 늘리지 못하는 탓도 있었지만, 사실 아이들 장난감이나 육아 제품은 미니멀보다는 '미니' 육아를 고집해 왔다.

미니 육아.

작고 소박한 제품들을 활용한 육아를 말한다. 큼직하고 기계소리가 현란하고 값이 나가는 제품 말고 작지만 활용도가 좋고, 값도 싸서 망가져도 큰 부담이 없는 그런 장난감.

큰 애 어릴때부터 나는 부피가 크고 소리가 많이 나는 장난
감보다 일상생활에서 찾기 쉬울 뿐만 아니라 버릴 때도 미련
없이 버릴 수 있는 물건으로 아이와 많이 놀았다.

문을 열고 닫으며 소리가 나는 기성품 장난감을 대신해 빈
박스에 문모양을 칼집 내 만들어 놀았고, 촉감놀이 장난감 대
신에 신문지나 잡지, 이유식 숟가락이나 종이컵을 이용했다.

아이가 크면서 부터는 스티커, 스케치북, 자석놀이, 종이컵
쌓기, 퍼즐 같은 작지만 창작이 가능하고 스스로 창의력을 불
러일으키는 놀잇감 위주로 선택했다. 부피가 크지 않고 보관
과 수납이 용이하면서 비교적 저렴한 제품들.

기계소리가 나는 장난감, 버튼이 많이 나는 장난감보다 그
림을 그려서 스티커를 붙이거나, 색종이를 가위질해서 눈알
을 붙이는 것.

작은 칠판에 다양한 자석을 붙이고, 빨대로 물감을 불고,
구슬을 꿰고, 지퍼를 여닫고, 종이컵을 쌓는 것 위주로 구비
해 놀이했다. 내가 왜 이런 놀잇감을 선택하게 된 걸까?

플라스틱 장난감은 보여 주는 순간의 반응은 더할 나위 없이 좋았다. 하지만 그 흥미는 오래 유지되지 않았다. 장난감 사용법을 익히고 몇 번 하고 나면 금세 시들해져 자리만 차지했다. 한두 번 가져다 놓고 팽 치워지는 장난감들은 값이 너무 비싸고 부피도 커 자리를 많이 차지했다. 반면 창작이 가능한 놀잇감들은 활용이 다양해 더 오랜 시간 흥미로워했다. 아이는 그 놀잇감을 쥐어 주었을 때 더 다양한 생각과 사고의 결과물을 내놓곤 했다. 가령 찰흙을 쥐어 주면 스스로 온 손가락을 써 가며 눈사람도 만들고 트리도 만들고 빵도 과일도 만들며 역할극도 하고, 그 놀잇감을 굳혀 트로피처럼 장식하기도 했다. 아이에겐 놀이가 자랑거리가 되었고 아이의 두 눈엔 자존감이 반짝였다.

창의나 창작이 불필요한 기성품 대신 종이나 빨대, 스티커나 색종이를 이용하는 아이는 이 심심한 물건을 전환하고자 가만히 집중하고 앉아 끊임없이 무언가 만들어 내고 상상했다. 그 속에서 발견한 건 기성품에서 찾지 못한 무한한 즐거움이었겠지. 상자에 모양 뚫어 블록 끼우기, 스크래치 페이

퍼 만들기, 휴지 말아 물감옷 입혀 보기, 페트병으로 장난감 만들기, 크리스마스 오너먼트 만들어 보기, 상자로 집 만들기 등으로 놀이의 영역을 확장했다. 아이는 선물처럼 놀이시간을 좋아했다. 볼품없는 재료의 환골탈태가 이뤄질 때마다 물건에도 아이의 마음에도 생명력이 깃드는 것 같았다.

대신 커다랗고 비싼 장난감 살 돈을 모아 우리가 맥시멈으로 집에 들이는 걸 선택한 것은 바로 그림책이었다.

매 달 그림책을 선정해 구입하고 모든 가족이 모여 동화구연도 하고 간단하지만 다양한 독후활동을 이어갔다. 그림책을 읽는 것은 모든 구성원의 기쁨이었다.

아직 아이들이 어려 책은 대부분 내가 고른 것을 들였지만 연령이 더해질수록 아이가 직접 책을 고르기도 했다. 책을 고르는 방법은 간단했다. 그림과 글밥이 일치하면서 내용 이해가 한눈에 되는 그림. 이야기 전체가 이해하기 난해하거나 개연성이 떨어지는 것은 삼갈 것. 인성적으로 자극적이거나 부정적인 단어가 있는 그림책도 역시 제외. 사운드북보다는 종이 그림책을 샀고, 계절에 변화에 따라 어울리는 그림책을 골라 상황과 날씨에 어울리는 대화가 가능한 그림책, 그 달의 이벤트가 있는 그림책 등으로 테마를 정해 고르기도 했다.

예를 들어 12월 크리스마스에는 산타 이야기를, 봄에는 벚꽃 팝콘에 관한 이야기를, 여름에는 수박으로 만든 수영장 이야기를, 가을에는 단풍에 관한 이야기로 읽고, 생일이 들어 있는 날에는 생일에 대한 그림책을 읽으며 대화를 나눴다.

인지나 지식책도 좋지만 대부분 창작책 위주로 읽혔다. 아이가 이야기를 확장하고 스스로 마음의 세상을 창작하고 상상하길 바라는 마음에서.

읽어 주는 과정에서는 아이가 최대한 이해하기 쉽게 읽어 주되, 그냥 글만 성의 없이 쓱 훑고 지나는 것이 아닌 나도 그 책에 흠뻑 빠져 다음이야기가 궁금하도록 읽어 주었다.

헨젤과 그레텔이라는 소년과 소녀가 나온다면 오빠와 여동생 그림을 짚어 주며 오빠 이름은 헨젤이고 동생의 이름은 그레텔이라는 것, 둘은 남매사이라는 것의 정보를 먼저 이해할 수 있도록 알려 준 후에 책에 적힌 글을 천천히 재밌게 읽어 주면서 부연설명으로 어려울 수 있는 부분은 쉬운 어휘로 바꾸어 설명해 주었다.

이 과정을 통해 이 어려운 책을 아이가 이해할 수 있을까? 싶게 수준 있는 내용의 책도 아이는 곧잘 이해하고 흥미로워했다. 어른이 푹 빠져 읽어 주는 한 권의 그림책은 아이 말과 마음단지에 아주 영양가 있는 토양이 된다. 책을 통해 배운 '맵시가 좋다.' '일이 고되다.' '사무치는 그리움' '풍미가 깊다.' '구황작물' '사물의 유래' 같은 말들을 쓰던 게 큰 아이 네 살 무렵. 일상 적시적소에 책에서 배운 귀하고 예쁜 말들을 활용했다. 아이가 쓰기 어려운 단어나 신기한 말을 쓸 때 주변 사람들은 듣고 눈이 동그래진다. 어쩜 이런 말을 쓰는 거냐고. 그럼 나는 대답해 줄 수 있는 말이 오로지 딱 하나 책밖에 없었다.

여전히 두 아이는 그림책을 사랑한다.
매일 그림책 속에 흠뻑 빠져 상상의 나래를 펼치는 아이들

깊은 밤 엄마를 만났다

이 대견하다.

또, 이제 초어가 하나씩 나오고 있는 14개월 둘째 하이를 무릎에 앉히고 오늘도 하나하나 손가락으로 짚어 주며 재밌는 책을 읽어 준다.

글이 적고, 유치해도 상관없다. 분명한 건 엄마 아빠와 즐거운 농도로 그림책을 많이 볼수록 아이들이 가진 가치관의 세계는 풍성해진다는 것.

또 엄마와 함께 책을 읽으며 자란 첫째 하람이는 둘째 하이 탄생과 함께 동생 책 읽어 주기 담당을 자처하고 있다. 자칫 유치할 수 있는 그림책도 동생에게 어찌나 즐겁게 읽어 주는지. 읽어 주며 아주 즐거워했고 하이도 언니 따라 책 읽는 걸 이 세상에서 가장 좋아하는 아이로 자라고 있다.

여전히 현란하고 큰 장난감 대신 작지만 알찬 놀이재료를 찾는다. 답이 정해진 플라스틱 대신 답이 무한한 그림책 한 권을 고른다.

보물찾기하듯 발견하고 모은 것을 짜잔 하고 내밀었을 때,

아이의 눈에서 읽히는 호기심. 우주 한가운데에서 자기 두 발로 무한한 가능성을 내뿜는 여린 체구가 단단하게 서 있음을 느낀다.

그래도 아이라 캐릭터가 잔뜩 그려진 플라스틱 장난감을 가지고 싶다고 더러 이야기할 때가 있다. 크리스마스나 아이의 생일날처럼 특별한 날에는 아이가 갖고 싶었다고 말했던 장난감을 곱게 포장해 선물한다.

아이에게 플라스틱 기계 장난감 대신, 상상력을 입혀 줄 작은 놀이재료를 먼저 꺼내 줘 보자. 답이 정해진 완구 대신 무한한 창의력을 키울 수 있는 창작 책 한 권을 선물해 보자. 장난감보다 저렴하지만 그 결과는 엄청날 것이라는 것, 아동학을 전공한 전문가가 아닌 내가 다른 건 다 모르겠는데 이건 정말 경험으로 확신한다.

깊은 밤 엄마를 만났다

나는 두 아이의
엄마입니다

정신 차려 보니
내 배 속에서
나온 사람이 무려 둘

사랑집이 두 채

첫째 하람이는 매 순간이 나에게 감동이었다.

내 배 속에서 살을 붙이고 키를 키우고 머리칼을 만들고 종 잇장 같은 손발톱을 지니고 나와 나를 엄마로 기억해 찾고, 내 젖을 먹고, 나를 향해 웃는 아이를 보며 기적을 느끼고 감 동했다. 첫째를 보며 감동하는 것은 나뿐만이 아니었다. 남 편도 그랬고 첫 손주를 맞은 친정 식구, 시댁 식구 모두가 그 랬다. 이 아이의 존재에 감격하고 감동했다. 사실 새로운 식 구의 탄생은 어느 집이나 귀하고 소중한 일. 그런데 나는 이 기적이 나에게만 찾아온 것처럼 호들갑스러웠다.

나는 세상이 칭하는 딱 유난스러운 첫째 엄마였다. 아이가 놀이터에서 뛰어놀면 가만히 그 뒤를 걸으며 지켜봐 주면 되는데 행여 넘어져 얼굴이라도 다칠까 봐 손가락 하나라도 어떻게든 잡고 주변을 뱅뱅 돌았다. 이유식을 하는 날엔 미리 사 두었던 유기농 채소를 밤새 곱게 손질했고, 여러 가지 재료를 잔뜩 넣어 2시간 푹 고아 낸 육수에 보글보글 정성 어린 이유식을 만들었다. 아이가 잠든 여름밤이면 손부채질을 해 주며 자주 곁을 지키고, 겨울엔 뻥뻥 차 버린 이불을 주워 올려 주느라 밤잠을 설쳤다. 영아기엔 주마다 무엇을 해 주며 놀아 줄까 궁리하고 좋다는 책은 잔뜩 들여 관심 없는 아이 곁에서 글귀 하나하나 놓칠세라 또박또박 읽어 주었다. 유아기로 올라가면서 엄마표 놀이로 열정을 불태우겠다며 밤이면 프린트 연결해 워크지 뽑아 가며 오리고 잘라 코팅하고 만들고, 영어 미리듣기 해 준답시고 냉장고에 영어 스크립트 붙여 아이에게 들려주고. 주말이면 체험하러 나가자, 유명한 발달 검사 받아 보자 호들갑을 떨어 댔다. 아이의 성장보다 욕심이 앞서나가 이리저리 돌아다니는. 딱 사람들이 말하는 유난스러운 엄마였다.

귀하고 곱게 커 달라고, 다칠까 아플까 종종거리며 첫째의 뒤꽁무니만 밟았다. 끼니때 되면 밥숟갈 들고 애걸복걸 따라다니는 딱 그런 엄마. 등 전체에 담이 걸린 사람처럼 온 근육에 빳빳하게 힘을 주며 아이를 키웠다.

내가 이렇게 유난을 떨면 둘 셋 있는 엄마들은 나의 뒷모습을 보며 "첫째 하나죠?"라고 여유가 서린 미소를 지으며 물었다. 나는 첫째라고 대답하면서도 '애가 하나라서 이러는 게 아니라 귀해서 그래!' 같은 오만함으로 자신만만했다. 내가 이런 엄마에서 차츰 내려놓는 게 가능해진 건 다름 아닌 둘째의 탄생이었다.

둘째 임신기간에 가장 걱정스러웠던 건 출산도 둘째 육아도 아니었다. '어떻게 하면 하람이에게 상처주지 않을까.'였다. 배 속 둘째 하이에게 태담 한 번 따스하게 들려주지 못 했고, 태어나기 전날까지도 난 온신경이 향한 곳은 첫째 하람이였다. 하람이는 괜찮을까, 나 몸조리하는 동안 하람이는 친정에서 잘 지낼까. 발바닥에 밥풀이 달라붙어 걷는 사람처럼 뒤뚱뒤뚱 불편하게 걸으면서 앉지도 서지도 못한 채 불안해했다. 둘째가 태어나고도 얼마쯤은 그랬다. 당장 태어난 하이가 귀엽고 예뻐서 사진을 여러 장 찍었다가도 메신저 프로필사진으로 떡 하니 걸어 놓는 건 첫째 하람이였다. 하람이 사진을 내리고 둘째 하이 사진을 올리는 건, 마치 내 마음속 하람이의 자리를 하이에게 내줘 버리는 것 같았다. 모두에게 내색 못할 미안함이 파도처럼 가슴에 쓸려 왔다. 친정식구들에게도 신신당부를 했다. "하람이 앞에서 하이 예뻐하지 마. 무조건 하람이가 먼저야." 입버릇처럼, 유행가처럼 자주 말했다.

그런데 내가 하람이를 눈치 보는 새에도 하이는 알아서 나의 품을 찾고 나를 기억했다. 하람이 때처럼 동요를 틀어 주며 앞에서 손 유희를 해 주지 않아도, 그림책 한 권 끈덕지게 읽어 주지 못해도, 촉감 만져 주겠노라 이것저것 오리고 붙여 무언가를 던져 주지 않아도 스스로 자기 손발을 가지고 놀며 가만가만 내 품을 기다렸다가 내가 다가가면 벙긋 웃었다. 젖을 물리면 빤히 나를 바라보다 눈이 없어지게 웃고 세상 궁금함을 모아 까만 동공이 콕 박힌 눈을 반짝이고 깜빡이다 웃었다. 하람이가 앞에서 춤을 추면 하이는 고개를 빼고 혼자 언니 모습을 보며 할아버지 웃음처럼 커다랗게 깔깔 웃었다. 뒤집기 연습을 시킨 적 없어도 혼자 뒤집기를 하고, 물건을 어느새 가져다 집어 입에 넣고, 뉘어 놓아 토닥이면 색색 잠을 자고, 일어나면 다시 또 얼굴이 사라지게 웃었다. 목욕물에 담그면 물 안에서 웃고, 꺼내어 수건으로 닦으면 또 그 수건에서 웃고, 밤낮없이 내 품에서 이 아이는 웃고 또 웃고 또 웃었다. 하이가 나를 보고 온 얼굴을 써 가며 환하게 웃어 줄 때 나는 천둥벌거숭이가 된 것처럼 온몸이 벗겨지는 기분이었다. 나 사실 너를, 너무도 많이 사랑하는데 그걸 인정하면 안 될 것 같은 바보 같은 죄의식으로 너를 제대로 봐 주지 못했구나. 너도 내 배 속에서 스스로 살을 붙이고 피를 만들고 작은 손발톱을 지닌 채 나를 선택해 와 준 소중한 아이인데.

하람이에게도 그 사랑을 온전하게 보여 주면 사랑은 나누는 것으로 기억할 텐데, 나는 하람이에게 '난 여전히 너만 사랑해.'라는 방식으로 상처받을까 전전긍긍하며 하이를 모른

깊은 밤 엄마를 만났다

체했던 것이다. 나는 두 아이가 태어나면 하나의 사랑을 사과 쪼개 듯 반으로 뚝 쪼개 주는 건 줄 알았다. 아무리 정확하게 쪼개려고 해도 결국엔 한쪽으로 기울어져 누군가가 상처받겠구나. 홀로 두 아이 육아는 하나의 사랑을 나누는 거라단정하고 내색 못할 두려움을 출산 전까지 새겼다.

세상과 엄마 품에 스스로 뿌리내리려는 작은 하이의 몸부림을 보고 나만 보면 기다렸다는 듯 방긋 웃는 아이를 보고알았다. 참 바보 같은 미련한 걱정이었고 오만하고 모진 처사였다. 마음속 사랑집을 둘에게 나눠 주는 것이 아니라, 첫째 집 옆에 둘째 집. 사랑이 꽉 찬 두 사랑채가 나란히 내 안에 자리 잡아 세워지는 것이었다.

그리고 그 두 집이 생길 마음의 땅이 넓어져서인지 그 빡빡했던 처사가 유연하고 너그러워졌다. 기다리고 조바심 내지않고 너그럽고 여유롭게 아이를 지켜봐 주게 된 것. 그리고이제야 더 진하게 보이는 둘째 하이의 사랑스러움.

하나의 마음땅과 집을 둘에게 나눈 것이 아니라, 하나가 있던 자리만큼 하나 더 생겨 버린 것이었다.

하람아, 알아주렴. 네가 "엄마! 나랑 종이접기 해요." 하고 내 소매를 끌어당겼을 때 젖먹이는 하이로 인해 예전만큼 빠르게 엉덩이를 떼지 못해서 날 기다리는 시간이 많아졌어도, 늘 엄마 살 냄새를 부비며 자던 네가 혼자 잠이 드는 일이 많아졌어도, 아침이면 더 퀭한 눈으로 꽥 소리 지르는 건조한 말투였대도. 기는 아이, 걷는 아이, 나를 향해 웃는 아이, 나를 엄마로 부르는 아이, 그 모든 첫 번째 경험과 선물을 준 건 바로 너였다는 걸.

하이야 알아주렴. 너를 자주 더 많이 안아 주지 못해도, 한 번 안을 때 더 깊이 꼭 껴안는다는 걸. 모두가 잠들고 나면 깨끔발을 들고 네 침대 맡에서 너를 한참 바라본단 걸. 후다닥 뛰어가 너를 번쩍 들어 올리지 못하는 날이 많아도 째깍째깍 기어 다니는 너의 뒷모습에 종일 데굴데굴 엄마의 눈동자가 굴러다닌다는 걸.

깊은 밤 엄마를 만났다

오늘도 엄마가 색종이 접어 주기만을 기다렸던 큰 아이에게 겨우 달려가 근처에 앉아 색종이를 접는다. 꼼꼼하게 접는 내 손을 턱 괴고 바라보는 아이의 볼이 아직도 신생아 때 볼처럼 부드럽다. 그 볼에 입을 맞춘다.

　아이들 밥 먹인 그릇을 거품을 내 설거지하는데 둘째 하이가 기어와 내 발꿈치를 만진다. 뒤를 돌아 바라보니 나를 바라보며 방긋 웃어 보인다. 하이의 사랑스러운 웃음에 거품인 잔뜩인 손을 씻어 아이를 안아 하늘 높이 들어올렸다. 또 웃는다. '엄마 이 순간을 기다렸어요.'라는 말을 품은 아플 만큼 환한 얼굴로.

깊은 밤 엄마를 만났다

고맙습니다

●

　나 취직하고 새 차 뽑던 날. 친정 아빠가 고속도로 톨게이
트 갓길에 주차를 하고 나와 함께 톨게이트 지하로 내려가 하
이패스 카드를 발급받는데 직원에게 괜히 묻지도 않은 말을
했다. "우리 딸이 취직해서 내일부터 당장 출근해야 하는데
이거 카드 발급받으러 왔어요." 나는 그런 아빠 옆에서 뿌듯
하기도 했지만 아주 멋쩍게 웃어 보였었다.

　오늘 하람이 담임선생님이 내게 전화가 왔다. 친구가 간식
으로 사탕을 싸 왔는데 하필 딱 한 개를 부족하게 싸왔다고.
아이들이 앞다투어 가져가고 마지막까지 혼자 기다리던 하
람이를 보고 있는데 나눠 주는 친구가 사탕이 없다고 정말 미

안하다고 이야기하더란다. 하람이는 괜찮다고 태연하게 웃고는 돌아서길래 선생님이 따로 가지고 있던 사탕을 하람이에게 주며 양보해 준 하람이를 칭찬해 주었단다. 사탕을 받으며 하람이는 "선생님. 고맙습니다."라고 말했고, 선생님은 하람이에게 "아니야~ 하람이가 기다려 줘서 고맙지." 하고 말하는데 들려오던 아이의 대답이 이랬단다. "아니요. 나눠 주는 친구가 계속 미안할 뻔했는데… 고맙습니다." 선생님이 잘못 들은 줄 알고 몇 번을 물었는데 같은 대답이었단다. 종일 머릿속에 아이의 말이 남아 내게 전화를 하셨다고 했다. "어머니 하람이가 오늘 이런 말을 했어요. 정말 감동이네요. 교사생활 10년 하면서 이런 아이 처음 보네요. 많이 칭찬해 주세요."라는 말을 수화기 너머로 들으며 듣는 내내 많이 울었다.

이제야 수년 전 고속도로 지하에서 카드를 발급받을 때 수줍게 날 자랑하던 아빠의 마음을 어림잡는다. 오늘 내가 이 아이의 아름다운 마음을 괜히 누구라도 세워 자랑하고 싶었던 그런 날이라서, 주책 같아 보일지언정 얼른 기록한다. 고맑고 예쁜 내 아이의 그 큰마음을. 그러면서도 또, 왜 넌 이토록 어른스럽게 커 버린 것이냐고 한편으로는 짠하고 아픈 질문을 던지게 되는 알 수 없는 마음까지 기록한다.

내가 부지런해지는 건

늘 집을 깨끗하게 정리한다.

환기도 자주 시키고 청소기와 물걸레 청소기를 하루도 빠짐없이 돌리며 방바닥을 청소한다. 이불은 2주에 한번 꼭 빨고 세탁기나 청정기 필터를 자주 세척한다. 칫솔은 늘 살균하고 행주나 숟가락도 자주 삶는다.

살림은 삶 속에서 아주 귀찮은 일일 수 있지만 즐거움을 찾으면 또 이만큼 재미있는 게 없다. 그냥 쓰일 종량제 봉투도 빳빳하게 펴서 말끔하게 줄 맞추어 접어 주면 쓸 때마다 기분이 좋고, 먼지 없는 카펫, 좋은 냄새가 나는 이불은 휴식의 질을 갑절 올려 준다.

하지만 내가 진짜로 이 모든 것들에 습관처럼 부지런해진 이유가 나의 행복 때문만은 아니다. 가장 큰 이유는 바로 남편과 큰 딸 아이의 지병.

남편과 딸은 유전적으로 천식을 가지고 있다. 난 이 천식이라는 병을 제대로 알지 못해 아주 부정적인 인식을 가지고 있는 사람이었다. 어릴 때부터 영화 속에서 나오는 천식환자들은 갑자기 숨을 못 쉬고 쓰러지거나 늘 네블라이저를 들고 다니며 응급 순간에 호흡기를 입에 대고 가쁜 숨을 마시던 장면. 그 장면이 눈에 훤해 딸아이와 남편의 천식 진단은 내게 너무 충격이었다.

하지만 내가 가장 측근으로 경험한 이 경미한 천식은 생각보다 많은 사람들이 앓고 있었고, 심지어 자신이 천식환자인지도 모르는 사람이 대부분이었다. 유독 기관지가 약해 기침을 자주하던 하람이, 특히 밤이면 기침을 너무 많이 해서 병원에 들려 증상을 말하다가 남편도 같은 증상이 있다고 하니 천식 알레르기 검사를 받아 보면 어떻겠냐는 의사선생님 제

안에 가볍게 받은 검사였는데, 충격적이게도 결과는 둘 다 천식. 곧바로 천식치료가 이어져 지금은 많이 호전된 상태다.

하지만 천식은 언제 다시 일상의 불편함으로 다가올지 모른다. 천식은 기관지가 좁아져 호흡이 가빠지고 숨 쉬기가 어려워지니 기침이 나오는 질병인데 이 증상은 집먼지 진드기나 미세먼지에 유독 치명적이었다. 진드기나 먼지를 마시면 기관지가 좁아지면서 호흡이 어려워 기침이 심해지는 것. 그래서 나는 더 이불을 자주 빨고, 햇볕에 자주 널고, 집 먼지를 그렇게도 부지런히 닦았나 보다.

혼자만 살 때 누렸던 편안한 호사는 초저녁에 접었다. 누군가를 이토록 귀하게 여기는 마음은 태어나 처음이다. 내 몸뚱이보다 누군가를 이토록 더 여리게 지키는 마음도 처음이다. 섬유유연제를 언제 넣어야 하는지 몰랐던 내가 매일 살림을 손본다. 따뜻한 국을 끓이고 반찬을 한다. 이불을 빨고 베개 커버를 갈아 준다. 남편과 아이들의 마스크를 매일매일 새것으로 교체한다. 가습기를 매일 씻어 깨끗한 물로 바꾸어

깊은 밤 엄마를 만났다

주고 수건을 삶고, 수저를 삶고, 싱크대를 소독하고 화장실 세균을 쭈그려 앉아 벅벅 닦는다.

나를 위한 삶만 있었다면 귀찮게 여겨 미뤄졌을 일에 가볍게 엉덩이를 들며 종일 까치발로 집안을 누비는 것. 세상이 말하는 엄마의 모습 대신 자유로운 엄마로 살아가겠다던 의지는 오늘도 집먼지 진드기처럼 털리고 사라졌다.

엄마가 된다는 건, 영원히 바뀔 수 없을 것만 같던 나의 오래된 습관을 유일하게 바꿀 수 있는 세상이 준 기회였다.

나는 그래서 오늘도 부지런해진다.

너희만 아는 나

●

사람 내면 안엔 세 가지의 모습이 있는데 보이는 모습과 또 다른 모습이 내면에 곱게 숨겨져 있다고 한다.

남편 역시 여전히 모르는 내 모습이 있고, 우리 친정 엄마 도 날 키웠지만 나의 성향만 알 뿐 진짜 내 숨겨진 모습까지 는 알지 못했다.

타인들은 당연했을 것이다. 이렇겠거니 짐작만 했지 실로 내 내면의 모습이 어떠한지까지는 알지 못했겠지.

그런데 유일하게 내 모습의 민낯을 다 아는 건 바로 하람이 하이였다.

술에 얼큰하게 취해야만 춤을 추거나 노래를 불렀던 내가
해가 떠 있으나 저무나 아이 앞에서는 엉덩이 흔들어 가며 막
춤을 출 수 있었고 표정 역시 가관이었다. 되도 않는 바이브
레이션을 섞어 가며 알앤비를 부르기도 하고 아이돌 가수들
의 카메라 테스트처럼 온갖 감정표현을 얼굴 하나로 표현할
수 있도록 뻔뻔함을 장착했다. 아이들 앞에서는 일말의 부끄
러움이 없었고 아이도 내 모습을 있는 그대로 즐겁게 받아 주
었다.

내가 저 뻔뻔한 춤을 추고 있으면 엄마 같이 춰요! 하면서
흔쾌히 함께 해 주었다. 남편 앞에서도 하다못해 날 낳고 길
러 준 부모님 앞에서도 이렇게 출 수 없을 텐데 이 세상에서
유일하게 내 진짜 모습, 나의 가장 편안한 모습을 보여 주는
건 아이들이었다.

어느 날은 성악가 흉내를 내면서 손을 모아 노래를 부르기
도 하고 화장실에서 볼일 보는 일도 아이 앞에선 거리낌이 없
었다. 동화책을 읽어 줄 때도 애들만 있으면 세상 웃긴 목소
리로 별별 오버액션 취해 가며 읽어 주다가 남편만 옆에 붙어

도 목소리 톤이 가면을 썼다.

　나의 내면을 감췄던 건, 내 진짜 모습을 보여 주기 싫고 이 사람이 이 모습을 알면 금세 달아나 버릴까 해서 습관처럼 감춰 두었던 건데 아이 앞에서는 모든 맘과 몸을 열어 다 보여 주었다.

　다른 사람들은 까마득하게 모를 나의 이면을 아이 앞에선 홀랑 다 보여 주곤 했다. 누군가에게 이런 내 모습을 보여 주면 질린다, 지친다, 이상하다 하며 얼른 내 곁을 떠나 버릴지도 모르는데 아이는 여전히 내가 1번. 언제나 내 품을 가장 좋아하고 '우리 엄마 최고.'라고 엄지손가락을 들어 주고 내게 안기고 나를 찾았다.

　모자라고 들쭉날쭉하고 급하고 줏대 없는 내 모습을 아무런 거리낌 없이 끌어안아 주는 너희. 너희에게 보이는 나의 모습이 부족해도 부족한지도 모르고 최고라 생각해 버리는 너희.

나는 내 마음속에 품었던, 숨겨 둔, 꺼내지 않던 영혼을 이 아이들 앞에서만 나도 모르게 꺼내게 된다. 그 사랑이 너무 깊고 좋아서 어린아이처럼 기대는 마음으로.

희한한 세계

●

　수많은 도전과 욕심이 가득 차 있던 첫 아이 육아에서 둘째를 낳고 나서의 육아는 딱 거품 빠진 맥주다.

　시간이 지나니 지나쳤던 열정, 욕심과 조급함이 가라앉았다. 거품이 빠지니 아이들에게 전처럼 풍성하고 부드럽지 못하고, 하나 키울 때만큼 깊은 교감과 놀이도 사실 어렵다. 딱 진한 엑기스! 현실 육아만이 남았다. 거품이 없다고 맥주 안 마시나. 꿀꺽꿀꺽 삼켜 버리는 오늘의 육아가 어제와 같은 오점투성이 육아였대도 미안함만 꽉 차는 더부룩함으로 보내기엔 엄마도 많이 애썼다.

　애들아, 너희는 둘인데 엄마는 하나라서 둘 다 나를 필요로 하는 너희에게 반을 똑 나눠 주진 못하지만, 부드럽게 너희를 곁에 앉혀 두고 다정한 노랫말을 읊조리는 엄마 대신 철두철미한 메뉴얼대로 일사분란 움직이기 바쁜 강인투사 뚝심아줌마가 되었지만.

매일 너희로 시작해 너희로 끝내고도 재우고 난 밤에도 결국 또 너희 이야기, 너희 물건 쇼핑, 너희 사진을 보다 잠드는 이 바보 엄마도 알아주라. 지금껏 이토록 질리지 않는 사람은 너희가 처음이란 것도 말이야. 엄마 좀 부족해도 넓게 이해해 달라고 쓰는 헌정 글.

내가 이렇게 애달프고 힘들게 하루를 보내는 것도 이렇게 설레고 감동하는 것도 영원토록 끝나지 않을 사랑을 확인하고 사랑해 본 적이 태어나 처음이다. 아 육아는 정말 겪을수록 희한한 세계.

깊은 밤 엄마를 만났다

토마토 미니

식목일, 큰 아이 하람이가 유치원에서 손바닥만 한 방울토마토 모종을 받아 왔다. 남편과 나는 곧장 꽃집에 들러 배양토와 화분을 하나 사 들고 와 아이와 함께 그 작은 모종을 옮겨 심어 주었다. 하람이는 토마토에게 이름을 지어 주겠다고 했다. 무엇으로 할 거냐 묻자 '미니'로 하겠다고. 이유를 물어보았더니 미니라는 이름처럼 작고 귀여운 토마토가 어서 열리길 바라서 그런단다. 작은 푯말에 '미니'라고 적어 토마토 앞에 쏘옥 꽂아 주고, 물을 잔뜩 머금어 햇볕에 널려 주었다.

그리고 한 가지, 약속처럼 알려주었다.

"하람아, 너 토마토가 열리는 걸 보고 싶지? 사실은 이 토마토도 마음이 있어. 좋은 말, 좋은 노래를 들으면 행복해지고, 그러면 쑥쑥 키가 커서 예쁜 열매를 맺게 될 거야. 매일 예쁜 말 많이 들려줘."

그날 이후, 아이는 기도하듯이 매일 토마토 모종 옆에 나란히 앉아 좋아하는 노래를 부르기 시작했다.

'봄이 오면 산에 들에~ 진달래 피고~ 진달래 피는 곳엔 내 마음도 피어~'

한 음 한 음 정성스럽게 입술을 모아 어찌나 또박또박 부르던지. 꼭 부르고 나면 작은 손바닥을 두들기며 박수를 치고 응원의 말까지 남기었다.

"미니야~ 내 노래 어땠어? 좋았어? 오늘도 행복하게 자라자!"

나는 아이의 그 순수한 입술과 눈빛을 보고 있으면 곧바로 미소가 새어 나오고 온 우주가 사랑으로 가득 차는 기분이 들었다. 매일 아침 아이의 그 노랫소리를 기다렸고 그 노랫소리로 하루를 여는 것이 정말 감사하고 기뻤다.

어느 날 아이가 부른 노래는 다름 아닌 나훈아의 홍시. 시골 할아버지에게 배워 온 트로트였다.

'생각이 난다. 홍시가 열리면~ 울 엄마가 생각이 난다. 회초리 치고 돌아앉아 우시던 울 엄마가 생각이 난다…'

아이가 중얼 중얼 그 노래를 부르는데 주책 맞게 덜컥 눈물이 난다. '와… 이래서 나훈아 나훈아 하는구나. 어쩜 가사가 이렇지. 저 조그만 아이가 이 뜻을 알까.' 혼자 가사를 음미하며 가슴을 적시고 있는데 노래를 마치고 들려오는 아이의 목소리.

"엄마, 엄마도 나 혼내고 돌아 앉아 울지요?"

언젠가 하람이를 혼냈던 날, 아이가 잠든 밤 후회로 몸서리쳐져 남편에게 이야기하다 펑펑 운 적이 있었다. 나는 엄마

자격이 없는 사람 같다고. 아이에게 너무 미안하다고.

남편은 말없이 내 어깨를 토닥이며 물었었다. "자기는 하람이를 정말 사랑하잖아. 하람이도 분명 알 거야. 내일 더 잘해 주면 돼."

나는 그 말에 하람이를 내가 얼마나 사랑하는지 그리고 그걸 과연 아이가 알지 생각하다 입을 열었다.

"난 당신이 죽는 걸 상상하면 세상이 무너지고 하늘이 두 동강 나는 기분이 들어. 당신이 내 곁을 떠나면 하루하루 너무 무서운 지옥에 사는 기분일 거 같아. 그런데 만약 하람이가 나를 떠나면⋯. 미안한데 여보⋯ 여보가 죽으면 나는 힘들어도 살 수는 있을 거 같은데 하람이가 떠나면 나는 살 수 없어. 1분도 1초도 살 수 없어. 아니 상상만으로도 죽은 영혼이 돼⋯." 말을 이으며 나는 대성통곡을 했고, 남편도 내 아픔이 느껴졌는지 따라 울더라.

대성통곡하고 난 그날 밤, 하람이의 머리맡에서 얼마나 숱한 사과를 했는지 모른다. "아까 엄마가 화내서 미안해. 이해해 줄 수 있었는데 소리 지른 거 사과할게. 정말 정말 미안해."

나는 아이가 홍시노래를 부르다 말고 엄마도 날 혼내고 나서 돌아앉아 우냐던 그 천진한 물음에 그 아픈 날이 떠올랐다. 아이를 혼내 놓고 찾아온 깊은 밤 머리맡에서 울며 사과를 했던 그날. 그리고 대답 없는 아이를 향해 나 혼자 몰래한 사과라고 믿었는데. 사실은 이 순수하고 어린 영혼도 알고 있다. 엄마가 화를 내고도 미안해하고 후회하고 있다는 것을.

얼마 지나지 않아 하람이의 노래에 보답이라도 하는 것처럼 토마토 미니는 줄기를 길게 뻗고 주렁주렁 붉고 예쁜 열매를 맺었다. 아이와 함께 그 열매를 따며 환호했다. 다만 한 가지 아쉬운 것은 이제 그 순수한 눈빛을 하고 부르는 노래를 매일 들을 수 없다는 것.

하람아, 너는 알까. 네가 매일 불렀던 그 노래로 자란 건, 네가 매일 읊조렸던 아름다운 멜로디로 열매를 맺은 건 토마토 미니만이 아니었다는 거.

사실은 있지. 엄마가 네 노래로 마음이 자랐다. 네 노래로

엄마가 치유받았고, 네 노래로 엄마 맘에 아주 예쁜 열매가
열렸어.

하람아. 고마워. 정말 많이.

깊은 밤 엄마를 만났다

그와 그녀의 뇌구조

당신과 나,
우리가 찾는 행복

맥주 클립을 딱! 올렸다

우리 집은 애들 자는 시간을 정확히 저녁 8시 안으로 정해 놓는다. 남편 동영은 큰 아이를 맡고, 나는 둘째 놈을 맡아 재우는데 재우고 나와서 서로를 마주하는 게 콩트가 따로 없다.

방에서 나오면서 문고리 잡고 닫을 때, 끽 소리 안 나게 조심조심 닫은 후 남편과 나는 복도에서 눈이 마주친다. 이때부터 우리가 계획했던 작전은 시작된다.

둘이 딱히 무슨 말을 하지 않아도 알아서 자기 할 일을 찾아 손발을 짝짝 맞춰 분주하게 움직인다. 애들 재우기 전에 미리 정해 둔 오늘의 메뉴는 삼겹살. 남편은 창고에서 캠핑 테이블과 의자, 가스버너를 꺼내서 베란다에 자리를 잡는다. 베란다 창을 열고 캠핑용 테이블과 의자를 세팅한 후 버너 위에 불판을 올리고 삼겹살을 곱게 널어 굽기 시작. 삼겹살은 꼭 껍데기 있는 걸로 사다가 2㎝ 넘게 도톰하게 썰어 달라고 해서 네 면을 육즙이 새어 나오지 않게 굽는다. 고기 굽는 스킬은 남편 동영의 센스. 나는 그 사이 미리 담아 둔 양파장아찌와 깻잎장아찌를 담아 두고, 파채를 무친다.

파채는 고춧가루, 간장, 다진마늘, 설탕, 통깨 넣어 버물버물. 김치는 이파리는 구울 것으로 줄기는 싸먹을 것으로 썰어 놓고 느끼할 때 한 모금씩 마셔 줄 물김치도 내놓는다. 쌈장에 기름장 정갈하게 장그릇에 덜고, 고추 마늘 다듬고, 상추는 깨끗이 씻어 탈탈 털어 놓은 후 베란다로 빼쭉 고개 내밀어 남편이 굽는 삼겹살 거의 구워졌나 확인. 제법 삼겹살이 노릇노릇한 모습을 띠우는 그때! 냄비에 라면 물을 올린다. 꼬들꼬들 면발 퍼지지 않게 라면 끓이고 계란 하나 톡 터뜨리고는 베란다 테이블로 좌아아악 세팅.

아파트 18층 베란다 뷰, 아이들 재워 놓고 좁다란 베란다 복도에 캠핑 테이블을 깔고 앉아 마주했던 우리. 코로나 바이러스로 어딜 나가지 못하니 이 시간만이 우리가 유일하게 즐기는 호사였다.

애들 재우기 전 미리 냉동실에 넣어 뒀던 맥주. 마실 부분 마른 휴지로 곱게 닦은 후에 클립 딱 따면 촤아악~ 하고 탄산 터지는 소리, 클립이 떨어져 생긴 구멍 사이로 차가운 냉기가 송송 피어오른다. 태블릿 PC로 보고 싶었던 영화 〈버드박스〉를 얼른 틀어 두고 알루미늄 캔 머리 부분을 서로 땅 하고 맞추고 벌컥 벌컥 벌컥 세 모금 마시면? 끄악. 죽고 싶다! 둘다 아무 말 없이 갑자기 천장으로 턱이 올려지고, 짙은 숨을 "카아…" 내쉰 후 서로를 바라본다. "여보 이거지. 이 맛에 살지."

털어도 물기가 잔잔한 상추를 다시 한번 더 털어 손바닥 위에 올리고, 쫄깃한 껍데기가 끝자락에 붙어 있는 도톰한 삼겹살에 고소한 들깨가루 잔뜩 찍어 얹은 후, 파채 왕창 집어 올리고, 마늘, 쌈장, 고추 쫙! 입을 아무리 크게 벌려도 끝부분이 툭 튀어나오게 앙 다물어 먹으면 게임 오버. 마무리로 깔끔하게 물김치 한 숟가락!

맥주는 장기까지 얼게 시원하고, 삼겹살은 넣자마자 육즙 쫙 피어오른다. 오늘 고른 영화는 흥미가 진진해서 침이 꼴깍꼴깍 삼켜지는 이 밤.

큰 소리 내며 떠들지 않아도, 서로의 일상을 구구절절 나열하지 않아도, 베란다 모서리에 피어나는 작은 행복들. 꼼꼼하게 차린 상 앞에 불이라곤 태블릿 PC에서 나오는 은은한 불빛 하나. 캔맥주 머리 맞대며 마시는 그 한 모금이 얼마나 귀했는지.

육아에서 이런 시간마저 없다면 우린 어른과 어른으로 서로의 삶 속에 서로만을 이입하기는 정말 어려웠을 텐데. 그리고 또 육아가 아니었다면 이 시간이 이렇게까지 달콤하진 않았을 텐데. 함께 고군분투 후 맥주캔립 올리는 순간, 그때 느껴지는 짙은 행복을 아주 천천히 음미한다.

당신의 손길

●

　요 며칠 우리 동네가 심란하다. 조용하다 싶었는데 결국 우리가 사는 아파트 내에서도 코로나바이러스 집단 확진자들이 속출했다. 아파트 전체가 비상이다. 확진자 동선에 관한 방송이 쉴 새 없이 계속 나오고 동네가게들이 줄줄이 문을 닫았단다. 틈을 내서 잠깐 다녀오던 집 앞 슈퍼도 무서워서 이제 정말 꼼짝없이 집에만 갇혀 있는 신세. 하필 이 난리통에 생리까지 갑작스럽게 찾아왔다.

　당장 남편은 훈련에 가서 늦은 새벽에나 들어올 것 같고, 아이들 데리고 집 앞 마트는 엄두를 못 내겠는데 아무리 뒤져도 집에 생리대 한 장이 없다. 서둘러 인터넷쇼핑몰로 생리대를 주문을 하고 택배 올 때까지 버티려고 급한 대로 아기 기저귀를 빌려 썼다. 변기 맡에 기저귀 여러 장을 쌓아놓고 잠이 들었고, 남편이 그 늦은 새벽 언제 들어온지도 모르고 아침이 밝았다. 그런데 아침에 화장실에 갔는데 기저귀를 놓아 둔 자리에 기저귀는 없고 생리대 한 통이 버젓이 놓여 있는 것. 일어난 남편에게 오빠가 사다 놓았냐고 물으니 그렇단다.

새벽에 일 마치고 들어와서 샤워하는데 쌓인 기저귀를 보고 너무 마음이 아팠다고. 이 여자가 아이 둘 돌보는 것도 벅찬데 기본적인 자기 생필품 하나도 못 사러 나가나 한창 젊은 이 여자의 삶 속에 놓인 기저귀 몇 장에 별별 생각이 다 들더란다. 그래서 그는 위장크림이 듬뿍 발린 얼굴도 지우지 못한 채 새벽 두시에 차를 끌고 편의점에 가서 생리대를 사다 놓았다고 했다.

괜히 눈물이 차오른다. 나는 남편이 그 껌껌한 밤에 나를 향해 나간 그 발길과 손길이 이 젊고 눈부신 날들을 방 안에서 애들만 오롯이 보느라 너무 고생하겠다고 하는 긴긴 말보다 더 저리게 위로로 와닿았다. 한참 그를 껴안는다.

　나는 이 남자와 결혼했고, 이 남자와 아이 둘을 낳았다고 우습게 나는 생리대 몇 장으로 우리가 밟아 온 사랑의 역사를 밟았다. 삶은 이토록 어이없이 작은 일에서 메시지를 준다.

그래 이렇게 싸워야 제맛이지

●

아침에 남편의 휴대폰에서 알람소리가 울린다. 새벽 다섯
시 반.

공부할 게 있어서 일찍 일어나겠다던 남편은 그 첫 알람소
리를 듣지도 못하고 쿨쿨 자고 있는데 난 새벽수유로 좀비상
태인 와중에 찌렁 울린 알람에 사지에 털이 다 선 채로 벌떡
일어났다.

얼른 알람을 끄고 다시 누웠는데 5분 후 그 찌렁찌렁한 알
람이 또 울린다. 이번엔 알람만 울리는 것이 아니라 애들이
꿈틀꿈틀 거리더니 결국 모조리 깨고야 말았다.

아······.

머리 혈관으로 피가 솟구치는 느낌이 들더니 뜨끈뜨끈 열을 낸다.

숙취 후 오바이트하듯이 바로 신경 사나운 말이 튀어나온다.

"내가 알람소리 진동으로 하랬잖아요. 진동도 다 들린다고. 왜 듣지도 못할 알람을 이렇게 일찍 맞춰서 애들 다 깨게 만들고, 바로 일어나지도 못하면서."

아이들 눈망울이 새벽 댓바람부터 또렷해진 걸 보자마자 이성의 끈이 끊겨 버렸다. 특히 부족한 잠의 달콤함이 깨지는 순간 신경은 더 예민해진다. 결국 인상을 찌푸리고 일어나자마자 그에게 쏘아붙인 것.

나는 열이 식지 않은 채로 씩씩 대는데 남편은 대꾸 없이 일어나 씻으러 나가 버린다. 그의 표정이 좋지 않다. 하긴, 당연히 그러겠지. 그가 일부러 그랬을 리가 만무하고 피곤함에 깊이 잠이 들어 못 들은 것뿐. 그런데 아침부터 일어나 아내의 날 선 핀잔을 들었으니 기분 좋은 게 이상할 일.

나도 쓴소리로 하루를 연 게 조금씩 후회로 밀려오면서도 곱씹으면 또 화가 나고, 이도 저도 아닌 찝찝한 마음으로 그의 곁을 맴돌았다. 동영에게 다가가 미안하다는 말은 절대 안 나오고 내 입장 내 상황을 얼른 하소연해서 이 찝찝함을 지우고 싶은 맘만 올라오는 것. 또 참지 못하고 먼저 입을 열었다.

"내가 아까 화낸 건, 알람소리 못 듣는 것보다 오빠 알람소리에 깨서 출근하고 나면 되지만 난 밤새 애들 보느라 깊이 잠도 못자서 이 시간만이라도 좀 깊이 쉬어야 하는데 미리 진동으로 해 달라고 부탁했는데도 못 듣고 결국 애들이 깨니까 화가 나잖아요. 제발 부탁한다고 몇 번 말했잖아요."

'미안해요, 내가 힘들어서 그랬나 봐.' 같은 말 대신 나를 방어하는 말들을 다시 줄줄 털어놓았다. 분명 동영도 이걸 모를 리 없다. 그리고 이렇게 말해 봤자 감정만 더 길어질 것이란 것도 잘 안다. 그럼에도 불구하고 나는 시끄러운 속을 참지 못하고 따지고 들었다. 침묵하던 동영도 입을 연다.

깊은 밤 엄마를 만났다

"알람소리 못 듣고 진동 못 맞춘 건 미안한데 나도 일찍 일어나 공부하러 가야 하는 부담감이 있어요. 애들 자기가 봐야 하는 건 알지만 일어나자마자 그렇게 말하는데 기분 좋을 사람이 누가 있어."

그의 말에 나도 별다른 대꾸할 말이 없어 침묵했고 결국 우린 감정의 고리를 시원하게 풀지 못한 채 서로의 자리로 흩어졌다.

남편이 출근하고 아이들과 남은 시간, 이미 아침부터 기분이 바닥을 쳤고 해결된 게 없으니 육아도 제대로 풀릴 일이 있나. 아이들이 성가시게 더 울어대고 요구사항과 짜증도 더 늘어난다. 엄마의 기분과 컨디션은 아이의 컨디션과 연결되어 있어서 내 기분이 처지면 아이들 짜증도 제곱으로 늘어난다. 하루 종일 멘탈 털리는 육아 와중에도 늘 남편은 밥 먹었냐, 컨디션은 괜찮나 물어봐 주곤 했는데 오늘 휴대폰이 조용하다. 그런데 슬슬 나는 더 화가 난다. 이 부정적 감정은 내가 먼저 사과하고 싶지 않은 못나 빠진 오기였다.

퇴근하고 들어온 남편을 아는 체도 하지 않았다. 아이들 재워 놓고 나서도 더 일부러 외면하며 차갑게 굴었다. 더 우스운 건 남편도 나를 신경 쓰지 않겠다는 태도. 초등학생도 이렇게 유치하진 않을 거 같은데 자꾸 마음이 이렇게 된다.

결국 성격 급한 내가 먼저 말을 걸었다.

"뭐가 그렇게 기분이 나빠요?"

싸늘한 정적과 함께 남편이 대답한다.

"이렇게 말해 봤자 싸움만 하는데 굳이 뭐하러 얘기를 해요. 그냥 말하지 말게."

오. 해 보자는 건가?

"말을 해야 알거 아냐."

"알람 못 듣고 자는 남편 안쓰럽게 생각해 줄 순 없었어?"

"알람 소리에 애들 깨서 힘들어하는 와이프 생각해 줄 순 없었어?"

둘의 팽팽한 기 싸움에 공기마저 서늘했다.

둘 다 끝낼 생각은 하나도 없는 사람처럼 서로의 입장에만 핏대를 세웠다. 한참 말로 이러쿵저러쿵 하다가 결국 늘 그랬던 것처럼 나는 마지막 와일드 카드를 꺼내 들었다.

그건 바로 내 힘듦을 피력하는 오열.

"자기는 밤에 푹 자기라도 하지… 나는 밤에 푹 자지도 못하고… 애들 보는데 얼마나 피곤하면 그러겠냐고 얼마나… 잠이라도 푹 자면 내가 이러지 않아. 잠 못 자는 고통이 얼마나 큰데." 하면서 엉엉엉.

한참 시간이 흘렀을까.
침묵하던 남편이 입을 뗀다.
"미안해요. 내가 앞으론 진동으로 꼭 맞출게. 잠 푹 못 자서 너무 피곤했겠다."

그렇게 이기고 싶어서 바득 바득 이를 갈며 종일 오기를 부렸는데 듣고자 했던 '미안해요.'라는 말이 들려오자마자 시원한 게 아니라 목 뒤로 머쓱함이 밀려온다. 사실 나도 알고 있었다. 남편이 크게 잘못한 게 없다는 것을.

그냥 그에게 내 힘듦이 엄청 크다는 걸 알리고 싶어서 일부러 더 모질게, 일부러 더 싸늘하게, 일부러 더 크게 울어 버린 거다. 기어이 저 말을 듣고야 말겠다는 심산으로 생떼 쓰듯 오기를 부려 본 것.

동영은 결국 인정해 버렸고, 나는 그 앞에서 시원하긴커녕 쥐구멍에 숨고 싶은 수치심이 드리워졌다.

이렇게 이야기해 봤자 서로 상처만 될 것이라는 것을 알면서 나는 그 길을 택했고, 동영은 찌푸려진 감정임에도 불구하고 더 이상 상처가 되고 싶지 않아 후퇴해 사과했다. 그래서 결론은 내가 졌고, 내가 잘못한 것.

사과를 받고 조금 시간이 지나 남편에게 참회의 메시지를 보냈다.

아이들과 함께 지내며 내 시간이 줄어드니 많이 예민해진 것 같다고. 괜한 고집 피우며 상처 주는 말해서 너무 미안하다고. 당신이 더 고생하는 거 잘 안다고. 미안하고 고맙다고.

깊은 밤 엄마를 만났다

다행히 남편이 한발 양보해 주어 불난리까지 나지 않고 찐한 화해를 했다. 하지만 이렇게 쉽게 일단락되지 않고 며칠 동안 지속되는 아주 길고 힘든 감정소비가 이어질 때도 있다.

연애 때만 해도 이 남자와 평생 싸우지 않을 거라 생각했다. 마음 맞추고 살면 되지 뭐 하러 언성을 높여? 나는 절대 화내지 않고 고상하게 대화로 풀 거라 다짐했고 그 다짐은 결혼 후에도 당연히 이루어질 거라 착각했다.

그러나 진짜 제대로 된 싸움은 육아가 시작된 후부터였다.

육아는 어른으로서의 밑천을 다 보여 주는 진정한 삶 속의 시트콤이었다. 그래서 그 추접스러운 밑천을 내밀며 내 쪽 네 쪽 우스꽝스러운 줄다리기를 하곤 했다. 그야말로 유치뽕 짝, 바짓가랑이 잡고 갖고 싶은 장난감 앞에 드러눕는 아이들의 생떼보다 더 가관인 전개로 이어졌다.

동영과 나는 부모가 되지 않았다면 어떤 문제로 싸우고 있었을까. 나를 사랑하느냐 마느냐, 얼마만큼 사랑하느냐, 귀가시간이나 기념일 같은 문제로 다투고 있었을까.

결혼하고 아이를 키우면서 마주한 이 어이없고 사사로운 다툼들. 아이러니하게도 우리는 이 다툼을 통해 서로를 제대로 알아가고 있었다. 그리고 감정의 내리막길로 가파르게 달리는 내 자신을 세워놓고 이성적으로 속도를 낮추게 하는 계기가 되기도 했다.

어느덧 동영과 나에게 제법 엄마와 아빠의 모습이 보인다. 서로만이 전부였던 우리가 부모로 세상의 영역을 넓히며 들리는 자잘한 소음이 다시 부족함을 돌아보고 고치게 한다.
이 세상에서 나만 제대로 돌보면 되었던 두 남녀가 어린 생명을 돌보면서 만나는 다양하고도 유치한 감정. 어른이 무엇인지, 진정한 이해와 사랑은 무엇인지를 새로 개정된 교과서로 다시 공부하듯이 새삼 깨달아 가고 있다.

머쓱했던 찰나의 순간을 모으며 인생의 참맛을 생각한다. 생각해보면 엄청 큰일에서 깨달은 교훈보다 자잘한 다툼 속에서 찾은 교훈이 더 오래 남을 때가 있다.

　그때 그 알람소리, 그거 하나로 배운 인생의 교훈이 지금까지도 진한 걸 보면 말이다.

충성!
......

어느새 가장

●

남편은 대한민국 육군장교.

첫 지휘관 생활을 했던 주둔지에서 짐을 싸 새로운 곳으로 발령을 받았다. 첫 지휘관으로 임관해 병사들과 간부들을 지휘하며 많은 일을 겪었던 곳. 그는 이곳에 대한 감정이 많이 특별했었다. 나 역시도 좋은 인연들을 많이 만난 곳이었기에 남편 따라 떠나는 데 아쉬움이 둥둥.

드디어 오늘 그의 송별회 날. 날이 날이니 만큼 늦겠구나 싶어 마음을 비운 채 늦은 밤, 글을 쓰고 있었는데 송별회를 하기 전날까지 절대 울지 않겠다던 남편이 현관 비밀번호 누르는 소리와 함께 흡흡 코 먹는 소리로 들어온다. 들어오는 남편의 손엔 선물꾸러미와 함께 롤링페이퍼가 들려 있다. 온 얼굴엔 눈물자국이 범벅되어 있고 현관에서 나와 마주치자마자 오열을 오열을…. 꺽꺽 소리를 내며 말도 못하게 울더니 혼자 방에 들어가 아예 자리를 잡고 주저앉아 한참 운다.

그가 우는 모습을 지켜보면서 우습기도 그의 정 많은 품이 느껴져 따뜻하기도 아프기도 했다.

소처럼 깊은 그의 눈이 아침에 퉁퉁 부어 있는 것으로 그가 느꼈던 감정을 걷고 만져 본다. 아쉬움을 간직한 채로 현 부대를 떠나는 건, 또 많은 이들이 그가 떠나는 것을 아쉬워한다는 건 아주 값진 결과라고 생각한다. 남편과 동료들의 전우애가 내게도 와닿았다. 나는 나대로 남편은 남편대로 숱한 이별을 겪는다. 나는 둘러멘 아기띠 너머로 그는 조이는 워커끈 너머로 접촉했던 시간과 일상. 안녕을 고하고 일어서는 멍석에서 그는 우습게 울어 버렸지만 그의 눈물과 함께 동료들도 모두가 고개를 숙이고 눈물을 훔쳤단다. 그 사나이들의 눈물로 가슴 가슴에 좋은 인연이란 단단한 확신이 채워졌길 소망한다.

이별에 줄줄 말이 긴 건 아쉬움이고 새로운 시작에 우물쭈물 거리는 건 두려움이겠지만 그와 내가 새로 만날 상황과 인연 앞에 나아갈 수 있는 건 머물렀던 사람들의 도움과 마음이다.

큰 포부도 거창한 목표도 없이 군인 옷을 입었을지도 모르 겠는 그의 어깨에 어느새 견장이 있고 눈과 맘에 아주 또렷하 게 보이는 사명감과 책임감이 덧입혀져 있다. 1년 반 동안의 지휘생활을 무사히 마치고 나라를 위해 힘써 준 동료들과 남 편에게 박수를 보낸다. 그가 무척 자랑스럽다.

우리 진짜 하나가 되려면

●

　요즘은 엄마와 아빠가 함께하는 육아라고 입을 모으지만 여전히 가정에서는 경제활동을 하는 사람과 집안에서 양육과 살림을 하는 사람들은 여전히 함께하는 관계가 아닌 돕는 관계가 더 가깝게 느껴진다.

　돕는 관계라는 것에 불만이 있는 것은 아니다. 더 많은 시간의 밀도를 보낸 나와 아이, 그리고 내 손을 더 많이 탄 살림이니 내가 더 익숙하고 잘하는 것은 당연한 일. 나는 남편이 모든 걸 함께할 수 없다는 걸 알고 있고 그것에 슬퍼하지 않았다. 그저 열심히 도와주고 참여하는 것만으로도 감사하고 기뻤다.

동영은 섬세한 사람이라 내가 말하지 않아도 설거지거리를 보면 꼭 설거지를 해 두고 근사한 요리도 뚝딱해서 나와 아이들을 먹이는 것을 즐거워했다. 주말이면 늘 나를 늦잠 자라고 내 방문을 닫은 후 아이들과 놀아 주고 씻기고 먹인다. 밤에 아이들 재우는 것도, 청소도 빨래도 알아서 척척 잘해 주는 남편이 한없이 고맙고 사랑스러웠다. 남편의 다정함을 보면 주변 사람들은 입을 모아 이렇게 말했다. 너 정말 시집 잘 갔다. 남편 잘 만났다!

물론이다. 난 정말 남편을 잘 만났다.

하지만… 내가 빨래를 하고 내가 집안일을 하고 온종일 아이를 돌보고 입히고 재우고 먹이고 남편을 위한 요리를 하고 남편을 위해 열심히 내조를 하는 일은 칭찬받지 못했다. 남자는 가정에 충실하기만 해도 온갖 찬사를 받았는데 내가 하는 것은 당연한 일.

신혼 초만 해도 그 마음에 우울해진 적도 많았다. 그런데 그 뿌리를 아주 찬찬히 되짚어 보니 아주 오랜 역사로 우리 사회에서 여성은 가사와 육아에 당연히 쓰이는 것으로 평가 절하된 듯하다. 나 역시도 아이를 낳기 전 가사와 육아를 상상하면 대부분의 청사진엔 엄마밖에 없었으니 비단 동영도 마찬가지였겠지. 세상에 태어날 때부터 프레임처럼 써진 여자와 남자의 성 인식은 비단 나 혼자만의 고찰로 바뀔 수 없는 아주 오랜 역사와 습관이었다.

초반엔 이 불평등함 앞에 소리도 쳐 보고 울어도 보고 억울함에 가슴도 쳐 보았지만 오래도록 잔존해 남아 있는 인식들. 그리고 그 오래된 인식들이 서로 만나 부딪히는 소음들을 보며 나 역시도 평생 간직해 온 보수적이고 편파적인 엄마상을 버려내지 못했음을 인정하게 되었다.

난 여성 우월사상을 가진 사람도 아니고, 남성과 여성을 경쟁선상에 놓고 싸우자는 것은 더더욱 아니다. 그저 이런 사회적 인식이 분노보다는 대화와 인정으로 개선되어야 함을 많이 느낀다는 것. 그 옛날에도 분명 알고 있었다. '애 낳느니

밭맨다.'라는 속담이나 '한 아이를 키우려면 마을 전체가 필요하다.' 같은 말들이 돌았으니 말이다. 아주 오랜 옛날부터 육아와 돌봄은 분명 혼자의 힘으로는 할 수 없는 어렵고 힘든 강도의 일과였다는 걸.

　　나는 그런 아쉬운 상황을 마주할 때마다 남편과 함께 마주앉아 대화하는 방법을 택했다. 당신의 아버지도 또 당신의 어머니도 그렇게 살아왔고 나의 어머니도 나의 아버지도 그렇게 살아왔다. 남성과 여성을 똑 나눠 해야 할 역할을 구별 지어 버린 환경에서 커 온 우리가 갑자기 서로 한 번에 모든 것을 변화하고 살아가는 것은 빅뱅이론처럼 어려운 일임을 안다. 우리 둘이서만 사는 삶이 아니기 때문에 우리가 변화하면 지어지는 타인들의 시선에서도 자유롭지 못하다는 것도.

　　경제활동을 하는 사람이 가사일과 육아를 돕는 체제에서 완벽한 변화는 이룰 수 없어도 여성의 일을 경제활동과 비교하며 하찮은 단순가사노동 수준으로 생각하거나 또는 그 일은 당연 여성의 일이라고 생각하는 일만큼은 멈춰 달라 이야기하고 싶다. 아이를 키워 내고 집안을 살피고 음식을 만들고 치워 내는 이 모든 일련의 수고들을 인정만 해 준대도 나는 더할 나위 없이 행복할 것 같다고. 자주 이야기하고 생각을 공유했다.

대화를 통해 남편에게 찾은 가장 큰 변화는 바로 이것.
남편은 내게 "자기가 제일 고생했죠."라는 말을 자주한다. 나역시도 남편에게 "여보가 고생했죠."라는 말이 전보다 더 자주 나온다. 서로가 서로의 마음을 알아 주는 것. 서로가 서로의 고생과 힘듦을 낮추거나 우습게 생각하지 않는 것. 그것이야말로 변화의 시작이자 뿌리가 아닐까 생각한다.

그렇게 개인과 개인이 조금씩일지라도 인식이 바뀌어 가면 이 사회는 균등한 제도를 더 많이 만들어 낼 것이고 그 제도 속에서 우리가 정말 찾고자하는 함께하는 육아, 함께하는 가정, 평등한 관계가 가능해질 거라 믿어 본다.

깊은 밤 엄마를 만났다

당신이 행군 길
나의 생일

●

오늘은 나의 생일.

아침부터 가족들과 친구들의 메시지가 기분 좋게 도착한
다. 생일날이 되면 잊지 않고 챙겨 주는 사람들이 있어 내가
그래도 헛살진 않았구나. 종일 기분이 좋다. 큰딸 하람이는
생일축하노래를 사운드북에서 찾아 틀고는 박수를 치며 불
러 주고, 둘째 하이는 그 노래에 맞춰서 엉덩이를 흔들고 춤
을 춰 주었다. 그런데… 그런데!

딱 한 명이 없다.

하필 오늘, 남편 동영은 훈련과 행군이 있어 들어오지 못하

125

는 날. 며칠 전 훈련일정표를 보고 하필 그날이 내 생일이라는 걸 알게 된 동영은 정말 많이 미안해했다. 두 아이를 가정보육 중인 내가 생일날마저 아이들만 돌보다 홀로 하루를 마무리할 밤이 마음에 걸렸던 것. 동영은 당신 그날 많이 외롭고 슬플 것 같다고 수차례 말했다.

남편의 그 말대로 생일 당일, 종일 아이들만 돌보다가 끝내 밤이 저물었다.

솔직히 아쉽지 않다면 거짓말이다. 누군가를 초대할 수도 없는 깊고 외로운 밤. 촛불 한번 제대로 붙지 못하고 마무리하는 날이 조금은 아쉽다. 남편이 함께였다면 참 좋았을 텐데. 그렇지만 정말 슬프진 않다.

지금쯤 우리 남편은 이 어둠 속에서 군장의 무게 위에 더 무거운 미안함을 지고 걷고 또 걷고 있겠지. 그 사람의 고운 성정이 메시지처럼 내게 와닿는다. 아마도 군화에 잡히는 물집처럼 그에게 떠올려질 오늘 나의 모습은 몹시 아플 것이다.

깊은 밤 엄마를 만났다

5년 동안 우리가 마음을 맞추다 보니, 오늘 아침 출근길에 미안함으로 유독 현관에서 어기적거렸던 발길, 한참 나를 끌어안으며 미안하다고 내뱉었던 말끝이 어떤 의미였는지 생김새가 그려진다. 한 해에 하루뿐인 특별한 날에 남편이 함께 못 있어 주어 속상한 날로 투덜거리면 서로만 더 많이 괴로워진다는 걸 알게 된 것도 해를 거듭해 성숙해진 사랑일까. 이런 날 함께 못 있어 주어 저리도록 속상해하는 남편 마음의 모양은 분명 사랑이었다고 기억하겠다.

풋풋했던 설렘은 알코올처럼 증발해 사라졌지만 6년 동안 맞춰 놓은 서로가 알아 주는 익숙한 그 마음. 그는 행군 길을 걷고 나는 그가 느낄 마음 저변을 걷는다. 우리가 함께하며, 그리고 우리의 딸로 태어난 이 아이들을 키워 내며, 매년 우린 보다 더 성숙한 사랑을 나누겠지. 그러니 그런 마음은 내려놓고 안전하게 걷다 돌아오길 바란다.

당신의 마음, 내가 다 아니까.

깊은 밤,
엄마를 만났다

드디어 찾아 온 밤,
홀로 지난 하루를 걷고 있는
엄마를 만났다

사과밭 그 사나이

●

규모가 꽤 큰 사과농장을 하는 친정 부모님.

우리 세 자매는 과수원 안에 있는 시골집에서 자랐다. 시골 과수원집에 살면 농사 지식에 해박할 것 같겠지만 사실 우린 과수원 땅을 제대로 밟은 이력이 없다. 집 현관문을 열면 바로 이어지는 과수원 땅임에도 사과 수확철에 열매 한번 따는 것을 도와 본 적 없고 사과 품종이나 개화 시기 같은 지식도 전무했다. 동네어른들이 종종 우리에게 "요즘 부모님 무슨 일 하시느라 바쁘시니?" 물어도 대답할 수 없었다. 이유는, 정말 아무것도 몰라서.

친정 엄마가 사과를 따서 집으로 가지고 올라와 한 알만 먹으라고 사정하며 깎아 주어도 매번 귀찮아하기만 했다. 중국집 딸은 자장면 안 먹는다는 말처럼 부모님이 일군 사과알들이 온 집에 널려 있어도 눈길 한번 주지 않았다. 매일 사과 과수원에 시큰둥한 우리 딸들을 보며 부모님은 얼마나 서운하셨을까. 그럼에도 부모님은 당신들의 노동이 힘에 부칠지언정 딸들에게 농사일 도우라는 소리 한번을 안 하고 키우셨다. 햇볕에 얼굴 그을릴까 행여나 몸 상할까 귀하게 여기는 마음으로 걱정되어 그러셨겠지. 우린 그게 너무도 당연한 줄 알았고, 일손이 바쁘다는 느낌 자체도 알지 못했다.

농사일은 농부의 땀으로 결실을 맺는 거라던데 부모님이 저 넓은 과수원에서 쏟아 낸 땀방울을 소중하게 생각해 본 적 없었다. 그 땀방울이 모여 우리가 자랐다는 생각을 못한 채 부모님의 일이 얼마나 힘들지 가늠 한번 하지 않는 차갑고 못된 딸이었다.

그런 내가 최근 들어 과수원에 자주 드나든다. 아니 과수원이 좋다 노래까지 부른다. 그 이유가 더 가관이다.

바로 나의 아이들이 과수원 구경을 정말 좋아했기 때문이었다.

고즈넉한 과수원 풀밭을 누비며 붉게 익은 사과 알들 사이를 망아지처럼 뛰어다니는 아이들을 더 자연 속에 풀어 체험시켜 주고 싶어서 나는 가을이면 짐을 싸들고 친정집에 찾아가는 이기적인 자식이었다.

친정 부모님은 아이를 사다리차에도 실어 주고 리어카에도 태워 주며 과수원 곳곳을 체험시켜 주셨다. 큰아이는 두 돌이 채 되기도 전 사과 따는 법을 알았고 사다리차 타는 폼이 보통이 아니다.

사과나무 사이사이에 심어 놓은 대추나무도 구별하고 사과 선별 기계에 앉아 분류하는 것을 보고 신나게 돕기도 했다.

나는 이렇게 다 커서 과수원 땅이 너무 좋았다. 내 아이가 자연을 벗 삼아 뛰놀 수 있어서. 아이들에게 정서적으로 교육적으로 도움이 될 것 같아서. 딱 그게 내가 과수원에 들어가는 이유의 전부였다.

그런데 유일하게 사과밭에 남자가 두 명이 되는 날이 있었다. 바로 우리 남편이 있는 날. 하람이 아빠는 무심한 딸들과 다르게 과수원 일을 참 살갑게 도와드리곤 한다. 과수원에 오는 날이면 친정 아빠의 오래된 일복을 빌려 입고 구슬땀을 흘리며 뛰어다닌다.

우리 부모님, 딸에게도 시키지 못했던 과수원 일 사위라고 먼저 시켰겠는가. 하람이 아빠가 먼저 아버님 뭐 도와드릴 건 없냐고 여쭙고 한번씩 과수원에 들어가 일을 도우면 친정 아빠는 어쩐지 행복해 보이셨다. 몸이 편해서라기보다 당신의 과수원에 들어와 준 젊은 사위의 마음이 고마워서였을까. 원래 그 일은 친정 엄마랑 둘이 하셨는데 사위가 오는 날이면 엄마는 집에서 우리랑 쉬고 그 자리에 사위가 들어가 일을 했다. 친정 아빠와 나의 남편, 창가너머 과수원에서 둘이 두런 두런 이야기 나누며 일하는 모습을 보고 있으면 그렇게 뿌듯하고 미덥더라.

친정 가면 남편도 휴가라 쉬고 싶을 텐데 과수원에 뛰어 들

어가 일을 돕는 남편이 고맙고 그가 있어 든든했다. 그리고
여태껏 부모님 일 한번 도와 드린 적 없는 내 자신이 부끄러
워지기도 했다.

남편이 친정 아빠를 도와 과수원에서 일을 하고 있는 날이
면 나는 자주 테라스에 나가 과수원에 있을 남편 그림자를 쫓
았다. 잘하고 있는지 너무 고되진 않을지 눈과 머리는 온통
바쁘게 그만 따라다녔다. 언제까지 남편이 저렇게 일할까 시
계를 바라보았다. 평생을 저 땅에서 일해 온 아빠를 한번도
찾아본 적 없던 내가 과수원 땅에서 바삐 찾는 사람은 다름
아닌 남편이었던 것이다.

친정 아빠는 평생 땡볕에서 쌔가 빠지게 일을 하셨는데 나
는 그동안 방 안에 틀어 박혀 부모님 고생은 안중에도 없다가
결혼을 하고 나서야 애들이 좋아한다고, 남편 일하는 거 보겠
다고 과수원을 둘러보던 나. 그러다 문득 남편 옆에 우둑 허
리 숙여 있는 과수원 사나이가 보인다. 어느새 주름이 지고
험해진 손으로 여기저기 돌아다니고 있는 50대 후반의 실루

엣, 바로 나의 아빠였다. 머리를 꽝 벽돌로 두드려 맞은 기분
이 들었다.

아빠를 참 많이 미워하던 때가 있었다. 아빠와 만나면 얼굴
부터 붉히던 그때. 아빠와 단 둘이 밥을 먹고 단둘이 여행을
가는 걸 상상만 해도 몸서리치게 어색하고 힘이 들던 날들.

아빠의 꿈은 작가셨다. 신춘문예를 준비한다고 사람 없는
시골집에 들어가 팔꿈치가 까지게 글을 쓰셨단다. 우연히 아
빠가 운영하는 블로그에 들어갔다가 아빠가 써 둔 글을 읽느
라 밤을 새웠던 날이 선명하다. 유려하고 아름다운, 담백하
지만 깊이 있는 아빠의 글은 한창 젊은 나의 영혼도 순식간에
매료했다. 나는 부정할 수 없이 아빠의 피를 물려받아 세상
속에 꿈을 찾고 있는 사람이었다.

남편을 쫓아 과수원을 헤매던 이기적인 시선이 드디어 한
참을 돌아 아빠에게 머물렀다. 일할 때 입는 저 체크무늬 남
방을 오래도록, 수도 없이 봐 왔는데 목 카라 부분이 어느새

바라고 해져 너덜거리는 것이 이제야 눈에 들어온다.

못난 딸이라, 20년 넘게 과수원 아빠의 뒷모습을 찾아 볼 생각을 못해 방구석에 드러눕기 바빴지만, 이번에 자세히 본 아빠의 모습. 그마저도 내 남편 살피다 겨우 발견한 천하의 싹퉁머리 없는 딸이지만.

누구보다 내가 작가 된 걸 행복해 하는 아빠를 조금 더 꼼꼼히 바라본다. 나는 아빠가 그간 나와 터놓고 풀지 못했던 수많은 감정과 애써 감추기만 바빴던 말들을 사과밭에 서 있는 뒷모습으로 조금은 가늠하게 되었다.

그 넓은 과수원에서 평생 우리를 위해 애써 주신 그 이루 말할 수 없는 노동의 가치를 되뇌며 당신의 삶을 절대 잊지 않겠다, 다짐하는 밤, 아빠. 고맙습니다.

깊은 밤 엄마를 만났다

다섯 번째 이야기 - 깊은 밤, 엄마를 만났다

촌스러운 엄마

나는 꾸미는 걸 참 좋아하는 아가씨였다.

결혼 전, 백화점에서 화장품코너를 작게 운영했던 나는 늘 컬이 살려진 속눈썹, 굵고 탱글탱글 웨이브 치는 머리칼, 예쁜 패턴의 옷과 뾰족구두, 큐티클 없이 단정한 손톱을 하고 거리를 누볐었다. 대세라는 옷과 신발 화장품들은 꼭 가져야 했고, 피부관리숍이나 마사지숍도 자주 다녔다. 20대들이 자주 간다는 감성카페에 가서 맛있는 커피도 마시고 매일 유명한 맛집을 드나들었다. 최신 가요를 듣고 핫플레이스로 불리는 거리를 누볐다. 친구들과 삼삼오오 모여 사진을 찍고 최신 기종의 휴대폰과 태블릿 기계를 사용했다.

그런데, 엄마가 되고부터 이 모든 것들을 등지기 시작했다. 아니 작은 어린아이들을 돌보느라 나를 돌볼 시간이 없었다. 내 취향과는 상관없이 알록달록한 무늬들이 집안을 채우기 시작했다. 파우치 속 마스카라도 아이라이너도 뻑뻑하게 굳어졌다. 오래전 했던 염색물이 빠져 끝머리가 얼룩덜룩해졌고, 이제 티비에 비친 연예인이 누군지도 모르고 음원차트 순위권에 어떤 노래가 진입해 있는지 전혀 모른다.

가장 빠르고 젊었던 중심에서 서서히 변두리로 밀려나기 시작한 것. 그렇게 서서히 변두리로 밀려나니 유년시절의 기억이 떠오른다. 어린 내 눈에 비치는 우리 친정 엄마의 모습이.

우리 엄마는 왜 이 쉬운 기계를 어려워하는 걸까. 카카오톡 프로필 사진은 왜 늘 꽃사진일까. 단조롭고 촌스러운 옛날 유행가를 즐겨 부르는 건 왜일까. 엄만 왜 늘 짧고 비슷한 커트머리에 무채색의 옷차림이었을까. 연예인을 보며 깔깔 웃는 우리에게 매일 말해 줘도 그게 누구냐고 엄마는 왜 계속해서 물었을까.

그랬다.

세련되지 못한 게 아니라, 촌스러워진 게 아니라 다 퍼진 아줌마가 된 게 아니라. 우리 엄마도 가장 젊고 빠른 중심에 있다가 우리를 안고 뚜벅뚜벅 변두리로 걸어 나온 거였다.

품에 낀 아이들을 알아가는 것만으로도 너무 바쁜 걸음이라서.

뒤돌아보면 자유가 지천인 젊음의 소음들을 뒤로한 채, 양쪽에 우리를 지고 질끈 묶은 머리카락 뒷덜미를 비추며 뚜벅뚜벅 그곳을 걸어 나온 것뿐이었다.

괜한 자격지심

●

살림이 호랑이 이빨이라고 하던가.

매일 한정된 월급 안에서 아이 둘을 길러 내고 우리 네 식구의 생활을 이어 가면 월급날 전 턱 괴고 통장 잔액 바라보는 일이 허다했다.

난 아이를 갖고 나서 하던 일을 그만 두어야 했을 때 단절된 경력이 아쉬운 것보다는 경제력이 사라진 것에 대한 아쉬움이 더 큰 사람이었다. 조바심이 많은 성격이라 커리어를 잃는 불안감보다 매달 들어오던 안정된 수입이 사라지니 계획했던 지출패턴도 다시 맞춰 계획해야 한다는 부담감이 내

겐 더 컸던 모양.

나라에서 주는 관사, 그마저도 자주 이사 다니며 옮겨야 하니 어느 한곳이 우리의 뿌리라 여기지 못하고 늘 짐을 싸놓고 제대로 풀지도 풀어 놓고도 제대로 싸지 못한 채 사는 기분이 들었다. 아이들이 커 갈수록 또래 친구들이 생기는데 자꾸 이사를 가니 새 친구 사귀느라 애쓸 아이들도 눈에 밟혀 영 마음이 답답했다. 한곳에 정착해 둥지를 틀고 싶은 마음이 간절해진다. 그러려면 조금씩 상황에 맞는 준비를 해야할 텐데. 우리 힘으로 언젠가 우리 집을 마련할 수 있을까 하는 불안함.

짧게라도 원고를 쓰거나 아이들을 위한 제품을 만들어 조금씩 내 용돈을 만들어 저축도 해 보고 주택청약을 부어도 봤다. 허나 당장 이걸 언제까지 얼마나 준비해야 하는지 깜깜하고 감이 잡히질 않는다.

매일 사고 싶은 건 장바구니에 채워지고, 또 꼭 사야만 하는 것은 어김없이 생겨 통장 잔고는 자꾸 줄어든다.

저 크고 높은 아파트가 지천에 널렸는데 왜 내 이름으로 된 집 한 채가 주어지지 않는 걸까. 집값은 매년 폭등을 하는데 들어오는 수입은 제자리. 조각조각 모으는 용돈 몇 푼으로 집은커녕 집에 딸린 현관 한 평도 살 수 없겠더라.

아울렛만 가도 나빼고 모든 이들의 손에 쇼핑백 두세 개는 덥석덥석 잘도 들려 있는 것 같은데.

길거리에 차들은 왜 이렇게 좋은 차가 많은 건지.

나만 이렇게 사는 건 아니겠지.

두드리는 계산기 앞에 늘 현실 부정하면서 다음 달엔 아끼자 다짐을 해도 또 그 달엔 그 달의 이벤트로 지출은 변함없이 이어지는 인생.

나만의 기분 좋은 소비를 못하고 혹 움츠러들게 되고 이런 고민이 괜히 더 크게 베개 머리에 짓눌려 못난 자격지심이 종일을 괴롭히는 날이 있는데 그날이 바로 오늘이었다.

남편에게 물었다.

"오빠 못난 자격지심과 돈에 대한 조급함이 들 때는 어떻게 하면 좋을까?"

남편은 고개를 옆으로 기운 채 대답한다.

"배가 터질 것처럼 먹고 누워 봐요."

유치하고 어이없다고 갖은 면박을 주고 남편을 노려보았 지만 결국 남편의 말마따나 냉장고 열어 치킨윙과 맥주를 꺼 냈다.

치킨윙은 에어프라이기에 15분 돌려 뜨끈하고 바삭한 채 로 종이호일 위에 깔고 머스터드소스와 간장소스를 종기에 담았다. 소스 콕 찍은 치킨윙을 뜯고, 시원한 맥주를 벌컥벌 컥 마신다.

남한테 아쉬운 소리 안 하고 살면 되었지.

빚내서 허덕이는 삶 아니니 감사하지.

푼돈이라도 저축할 수 있는 게 다행이지.

　　　　　　　　　깊은 밤 엄마를 만났다

집 없어 떠돌아다니는 것도 아니고 우리가 못 먹고 배 주리는 게 아닌데 뭐.

한 입 한 입 입에 들어오는 육즙으로 어이없게 마음이 다스려진다.

치킨윙 뼈만 앙상하게 남고야 말았을 때 내 집 마련의 고민 같은 건 먼지처럼 사라졌다.

남은 건, '아 배부르고 졸리다!'
이 닦고 룰루랄라 베개 찾아 들어가는 일.
아까 전까지 계산기 두드리며 삶의 녹록함으로 상처 입었던 가슴은 치킨윙 하나로 어이없이 새살이 돋아 버렸다.

혹 자신의 삶이 조바심이 들 때,
머리에 결론 안 날 상념이 가득 자리를 잡을 때
못난 자격지심이 들 때 이 방법이 최고다.
당장 냉장고를 열어라.

그리고 좋아하는 음식 앞에 주저 없이 앉아라.

한낱 사소한 고민은 사라지고 환기처럼 좋아지는 기분을 느끼게 된다.

나만 이렇게 사는 거 아니야~ 다 이렇게 사는 거겠지!
나 혼자 결론 지어 마음도장 찍고 잠드는 밤.

역시! 쓸데없는 잡념에는 1차원적인 처방이 극약처방이다.

아빠는 군인, 엄마는 작가

●

이사가 잦아 큰아이는 여태까지 유치원만 세 번을 옮겼다. 새로 이사 온 곳에서 보낼 유치원 상담을 마치고 어김없이 신입생 원서를 받아 왔다. 내가 이 원서를 보며 매번 한숨을 쉬는 건 바로 부모 직업을 적는 칸 때문. 애 아빠 이름 옆에는 군인 이라는 두 글자를 서슴없이 적으면서도 엄마 이름 옆 직업란은 한참을 고민하게 된다. 작가 일을 하면서도 작가라는 말을 쓰는 게 어쩐지 남사스럽고 오글거리는 나.

아직도 여전히 나는 자신감이 부족한 사람인가.

오래도록 작가의 꿈을 꾸었고 많은 기회 속에 첫 책을 발

간하고도 쑥스러움에 발간 홍보를 많이 하지 못했었다. 이런 기회가 생애 너무 처음이었던지라 온전히 내 것으로 받아들이는 것이 힘들었었다.

이 마음의 근원을 되짚어보니 내 안에 오래 가지고 있던 작가라는 꿈의 욕망이 너무 컸기 때문이었으리라. 한여름 밤의 꿈처럼 번뜩 정신 차려 보니 그 꿈이 현실이 되어 있으니 오히려 더 얼떨떨하고 믿기지 않았던 것 같다.

어느 날, 아이가 아빠 직업을 묻는다.

"아빠는 직업이 뭐예요?"

남편 동영은 스스럼없이 대답한다.

"아빠는 나라를 지키는 군인이지. 우리 가족들이 발 뻗고 자라고 안전하게 나라를 지킨단다!"

아이는 멋지다고 환호를 하더니 이내 그 질문은 나에게 돌아온다.

"엄마는요?"

나는 질문과 함께 딸꾹질이 나올 뻔했다.

뭐라 대꾸를 못하고 버벅대고 있자 남편이 가로채 말하기를

"엄마는 글 쓰는 사람이야. 작가! 이야기를 쓰는 사람을 작가라고 해."

귀 기울여 듣던 아이가 "우와~ 작가! 엄마도 멋지다~" 하고 웃어 준다.

남편의 대답과 아이의 탄성.

난 이 말을 듣자마자 종일 미세먼지 덮인 두꺼운 화장을 미온수로 말끔히 씻어 낸 것 같은 개운함이 마음에 찾아왔다.

매일 자문했었다. 정말 난 작가로 불려도 되는 걸까. 누군가가 나를 작가로 인정해 주지 않으면 어쩌지. 물을수록 나약해지는 그래서 결국 직업란을 채우지 못하는 사람이었다.

가장 가까이 있는 사람들이 날 이렇게 주저 없이 인정해 주는데 난 그동안 무얼 그토록 두려워했던걸까.

하람이가 새로 다닐 유치원에서 받아 온 원서 직업란에는

두 글자를 힘주어 눌러 적었다.

'작가.'

아이들이 이 작가가 어떤 일을 하는지 이해하는 날,

나는 꼭 내 입으로 말해 줄 거다.

너희를 향해 말하지 못했던 진심을.

너희에게 내가 주었던 그 바보 같은 상처를 엄마는 이 글로 털어 놓고 용서받고 싶어서 작가가 되었다고.

매일 노트북에 앉아 글을 두드리던 시간 속에 너희들 아빠와 너희가 없었던 적은 단 한 번도 없었다고. 나는 세상에 내놓을 책을 통해 느끼게 고백한다.

엄마가 글을 썼던 깊어졌던 밤, 윗집에서 내려가는 수도 소리를 들으며 껌껌한 부엌 식탁에 앉아 채도 낮은 조명 하나를 머리 위에 두고 블루라이트 앞에 앉았던 그 밤. 내가 썼던 건 책 한 권이었지만 그걸 추리고 모아 기어이 나오는 단어는 결국 너희였다고.

깊은 밤 엄마를 만났다

꼭 적어 두고 싶다.

에필로그

추천사를 어떤 분께 부탁드려야 하나 많이 고민했습니다.

읽는 책마다 말미에 유명한 분들의 추천사들을 보며 내 책 엔 어떤 분의 추천사가 어울릴까 밤새 생각했습니다.

가장 평범하고 보통의 삶을 다룬 나의 이야기는 나와 같이 가장 보통의 나날 속에서 빛나고 있을 우리 엄마들인데 그럼 어떤 사람들의 추천이 가장 믿음이 갈까.

당연히 나와 같은 엄마의 이름을 한 엄마들에게 추천사를 부탁드려야겠다고 결론이 나더군요.

제 글을 통해 알게 된 분들께 한 분 한 분 직접 연락해 추천 사를 부탁드렸습니다.

깊은 밤 엄마를 만났다

얼굴 한 번 뵌 적 없는 저의 제안에 모든 분들이 흔쾌히 응해 주셨고, 그분들이 먼저 이 책을 읽으셨습니다.

읽고 나서 진심으로 눌러 회신해 주신 글들을 보며 많이 울었습니다. 아마도 제 평생에 가장 기억에 남을 추천사입니다.

추천사로 쓰였지만 이 글들은 추천사가 아닙니다. 이 땅의 엄마들이 함께 나눈 깊은 위로였습니다. 그래서 책 말미의 에필로그는 저를 위해 귀한 시간과 글을 내어 추천사를 써 주신 이분들에게 자리를 내어 드립니다.

마지막으로 저와 같은 보통의 나날을 모아 우리보다 더 나은 내일을 만들 아이들을 돌보는 이 땅의 모든 엄마들에게 당신들은 그 누구보다 대단한 일을 하고 있다고 당신의 삶은 결코 초라하지 않다고 감히 확언합니다. 이 책과 함께 해 주셔서 마음을 다해 감사합니다.

2021년 1월

최누리

추천사

　잠든 아이의 머리맡에서 건네는 습관적 사과에 죄책감을 느끼는 밤이 늘어만 갑니다. 그녀의 이야기가 따뜻한 것은 이런 나와 크게 다르지 않음을 고백하고 있기 때문일 겁니다. 아이들에게 상처 주지 않는 엄마가 되고 싶다는 깨지기 쉬운 다짐 앞에서 이 책을 마주했습니다. 덕분에 지금 아이와 함께하는 이 순간의 감사를 배웁니다.

　엄마를 고스란히 느끼며 자라는 아이들에게 아쉬움이 남을세라 찰나도 놓치지 않고 눈길과 손길을 보내는 그녀. 그런 그녀의 이야기는 후회의 밤, 돌아앉아 우는 엄마들을 다정한 문장으로 토닥입니다.

- 김주(부천시)

그녀는 앞서가지 않고, 뒤에서 우두커니 지켜보지도 않고, 그저 손을 잡고 눈을 바라보고 함께 발맞춰 걸어가는 엄마다. 아이를 잘 키우고 있다는 말보다도 아이와 함께 끊임없이 커 가고 실행하는 사람이다. 육아를 하며 나를 함께 키우는 그녀의 이야기가 담긴 이 책을 강력 추천한다.

- 김나영(부산광역시)

사실 엄마는 완전하지 않다. 아이를 통해, 아이와 함께 자란다. 아이를 키우기 전에는 상상도 못했던 내 모습을 마주하면서 후회도 하고 반성도 하며 많은 감정을 느낀다. 이 과정을 통해 서서히 자라는 엄마와 아이 그리고 가족. 이 책을 읽고 아이를 키우는 동안 드는 수많은 감정들이 나만 그런 게 아니라고 위로받고 칭찬받는다. 부모라면 당연히 느끼는 감정들을 가감 없이 공유한 책!

- 양계영(경기도 수원시)

아이가 한 살이면 엄마가 한 살이 된다고 합니다. 하지만 어느 순간이 되면 아이가 엄마가 먹는 나이보다 앞서 가는 때가 오더라고요. 아이들은 엄마를 믿어 주고, 진심으로 사과를 받아 줄 뿐 아니라 누구보다도 진한 엄마의 마음을 꿰뚫고 있는 것도 같아요. 저도 글쓴이처럼 밤마다 아이들 자는 얼굴을 쓰다듬으며 셀 수도 없이 많은 밤을 사과로 보냈답니다. 글쓴이의 글을 읽으면, 소소하지만 놓쳐서는 안 되는 아이들과의 시간을 다시 한번 마음에 새기게 됩니다. 이 글이 자만하고 나태해지려는 제 마음을 다독이고 다시 붙잡아, 내일을 좀 더 단단하게 살아가게 하는 힘이 되었습니다. 이 글들이 저 또한 아이들의 삶을 기록하게 만들고 싶게도 하고요. 마음을 자라게 하는 글, 저만 알고 싶었지만, 이제는 아주 많은 엄마들이 읽었으면 좋겠네요. 잠자기 전, 다시 이 책 속의 이야기를 하나씩 아껴 읽고 싶은 밤입니다.

- 쉼표구름(경기도 남양주시)

소소하고 소박해서 그래서 더 소중하고 특별한 일상이 담겨 있다. 훗날 나를 그리는 아이에게 선물하고 싶은, 우리가 지나고 있는 이 시대 육아의 장면 그리고 이 땅에 엄마가 된 우리의 여정을 사랑하고 있는 마음이 글귀마다 가득하다. 책을 읽고 덮는 시간마다, 저마다 다른 일상의 희로애락이 마음마다 이어져 미소 지어지길 소원한다.

- 김예은(독일)

반드시 읽으세요. 읽고 나면 알게 됩니다. 나와 같은 이름을 단 엄마들이 있어 나는 오늘도 힘을 내 살아가겠구나. 이 책은 우리 마음을 대변해 주는 최고의 위로였습니다.

- 전성희(광주광역시)

하람이가 '홍시' 노래를 부르며 엄마 마음을 울렸던 물음에서 하람이의 마음 안에는 항상 엄마와 함께했던 기쁨과 행복이 가득한 아이란 걸 느낄 수 있었다. 엄마의 마음을 헤아려 줄 줄 안다는 것은 엄마에 대한 믿음이 강하게 뿌리내렸다는 것일 테니.

아이를 혼냈던 어느 날, 딸이 상처 받았을 마음을 생각했던 엄마와 도리어 엄마의 마음을 이해하고 다독여 주던 딸의 말이 마음속 깊숙이 와닿아 나 역시 눈물이 차올랐다.

여물어 간 건 하람이의 토마토뿐만 아니라 하람이를 향한 엄마, 아빠의 마음도 함께였나 보다. 완벽한 부모는 없지만 지혜롭게 육아를 해 나가려는 부모는 있다. 하람하이네가 그렇다. '하람, 하이 엄마'라고 하면 딱 떠오르는 이미지가 있다. 마치 '나 아니면 이 두 딸의 엄마는 아무도 할 수 없다.'의 느낌처럼 말이다. 겉치레의 부모가 아닌 자기의 방식대로 속 깊은 곳부터 성장하는 부모의 모습 그리고 행복한 가정의 모

깊은 밤 엄마를 만났다

습을 보며 존경의 마음을 표한다.

- 최현화(경기도 화성시)

아이들과 집 안에 갇혀 있던 한 해가 떠올랐습니다. 뉴스만 틀면 바이러스 소식으로 온종일 한숨만 나왔던 한 해. 우리의 그 시간을 이 책만큼 솔직하게 표현한 책이 있을까요.

읽고 나면 내가 잘못한 것 같은 죄책감이 드는 책이 아니라, 읽고 나면 이만하면 잘하고 있는 거란 생각과 더불어 내일은 아이를 향해 더 많이 웃을 수 있을 것 같은 힘이 생깁니다.

- 신영희(충청남도 보령시)

아, 당신도 후회로 울어 내릴 때가 있구나, 잘 자라도록 토마토 화분 옆에서 아이가 노래를 부르게 만드는 마법의 당신도, 책에 밑줄 박박 그어 가며 육아 중에도 자신의 시간을 갖는 당신도, 잦은 이사 더 잦은 세끼살림도 뚝딱 해내는 것 같은 당신도, 분명 그것만으로도 바쁠 시간에 최누리, 자신의 이름으로 두 번째 책을 펴내는 다정하고 현명하고 부지런한 당신도….

아이에게 내 말투와 표정이 미안해 엉엉 우는 밤이 있었구나.

나만 초라해지는 날들을 살아가며 애쓰는 나, 그리고 엄마들에게 누리님의 마음과 실천이 글로 닿아 서로 닮아 갈 날들이 벌써부터 다행입니다. 고맙습니다.

- 어민영(서울특별시)

하람, 하이의 엄마, '최누리'라는 작가를 알게 된 것은 불과 1년 전이다. 아이를 낳고 흘러넘치는, 알 수 없는 감정들에 몸이 흔들리고 마음이 부식되어 가던 엄마라는 이름의 나. 이런 나는 홀리듯 그녀의 여리지만 명료한 글들과 반짝반짝 빛나는 아이들의 사진에 매료되었다. 그녀의 온 신경은 해바라기가 자연의 이치로 해를 좇듯, 오로지 아이들에게 집중되어 있었다. 그런 그녀를 지켜보는 일은 그동안 알 수 없었던 안개 속 같던 나의 마음을 찾는 일과 같았다. 아, 엄마라는 이름의 감정이로구나. 나와 엄마라는 이름의 대립 안에서 길 찾기. 평범해 보이지만 각자 다른 이유로 비범한 아이의 엄마들에게, 그녀의 글들은 해설서 같았다. '당신의 마음은 지금 이런 상태랍니다. 당신의 아이는 지금 반짝반짝 빛나고 있고, 당신도 같은 이유로 빛나고 있답니다.' 같은.

-유성은(서울특별시)

작가가 엄마가 되고 두 아이와 씨름하며 풀어 가는 이야기는 이렇다 할 특별한 사건이나 큰 이슈가 있는 것은 아니다. 엄마라면 눈감고도 그려지는 하루 일과들, 한번쯤 앓아 보았을 마음들, 하루에도 수십 번씩 마주치는 아이의 눈동자 따라 그려지는 시선들, 마치 '나'의 이야기 같다. 평범한 엄마의 보통의 날들처럼 보이지만 오히려 그 평범함에서 오는 공감과 위안이 절절하게 느껴진다. 내게 드리워진 그늘이 나만 그렇지 않다는 것을, 그늘 좀 드리워져도 괜찮다는 것을, 평범한 두 아이의 엄마이자 꿈을 키워가는 젊은 여성인 작가를 통해 위로받는 것이다.

작가의 고향, 그 땅이 작가의 뼈를 굵게 하고 마음의 힘을 키워 냈듯 작가의 글은 평범한 일상 속에서도 따뜻함을, 그 속에 숨은 특별함을 찾게 하는 힘이 있다. 작가의 글을 마주한 오늘, 작가가 건네는 가장 특별한 위로와 함께 오늘 나의 육아는 좀 더 특별할 것 같다.

- 이현진(전북 익산시)

깊은 밤 엄마를 만났다

깊은 밤
엄마를
만났다

ⓒ 최누리, 2021

초판 1쇄 발행 2021년 2월 15일
　　 2쇄 발행 2021년 2월 23일

지은이　　최누리
펴낸이　　이기봉
편집　　　좋은땅 편집팀
펴낸곳　　도서출판 좋은땅
주소　　　서울 마포구 성지길 25 보광빌딩 2층
전화　　　02)374-8616~7
팩스　　　02)374-8614
이메일　　gworldbook@naver.com
홈페이지　www.g-world.co.kr

ISBN　979-11-6649-315-7 (03810)